《中国秀·中国传统文化系列读本》

主　编　金　萍

编委会　赵　峰　仝十一妹　乔　苏　石　磊
　　　　　李秀敏　宋启航　付泽新　庞丹丹
　　　　　刘星辰　李萌怡　刘　超　刘　芳
　　　　　翟玉成　方文林　屠芫芫　冷　宇
　　　　　焦晓宇　张　璇　许艳秋　刘晏伶
　　　　　张小玲　钱　芳　张　茜　项　南
　　　　　白　璐

中国秀 06
金萍 主编

中国传统文化系列读本

诗词歌赋

付泽新 赵峰 著

山西出版传媒集团
山西教育出版社

目 录

关于诗词歌赋（代序）——／001

　　诗——／001

一　千年《诗经》：温柔古朴流诗源——／012

二　羁旅思情：无名的质朴诗篇——／024

三　建安诗坛：从此风骨入诗髓——／030

四　正始悲音：无可排解的苦闷——／044

五　采菊东篱：陶渊明的诗歌哲学——／052

六　声色大开：涓涓细流汇诗海——／060

七　繁音渐响：初唐诗歌的发展——／069

八　诗意禅境：王维的山水诗歌——／079

九　诗酒谪仙：李白的俊逸与潇洒 —— 085

十　如秋落木：沉郁顿挫唯杜诗 —— 101

十一　喻世陈情：白居易的诗歌创新 —— 115

十二　中唐之声：清冷奇绝的混合 —— 124

十三　晚唐余音：夕阳也曾无尽好 —— 130

十四　宋初诗坛：唐诗的模仿与创新 —— 135

十五　奇绝高峭：语出新奇山谷诗 —— 146

十六　家国忧思：陆游与宋诗中兴 —— 152

词 —— 157

一　华章初现：词早期发展流变 —— 163

二　才子词人：便自是白衣卿相 —— 174

三　大江东去：别是一番天地开 —— 190

四　玲珑作响：小令的婉转清悦 —— 204

五　自开自灭：晏几道与《小山词》 —— 214

六　女中英杰：李清照的词路历程 —— 220

七　诗书马上：词中英豪辛弃疾 ——/229

歌·赋 ——/234

一　诗从乐来：乐府诗歌的味道 ——/238

二　相映成趣：南北朝民歌 ——/247

三　大气磅礴：骚体赋与汉大赋 ——/256

四　情之所至：汉代抒情小赋 ——/265

五　文人雅兴：文人赋 ——/271

关于诗词歌赋_(代序)

中国文学的发展如一条长河,从最初的涓涓细流,最后汇聚成浩瀚的海洋。诗、词、歌、赋如滔滔浪头,翻卷成中国传统文化中的瑰宝与精髓。它们是如何产生的?它们是如何发展的?在文字的背后又隐藏着怎样的故事?

在我们童年的时候,或许就跟随着父母背诵过简单的唐诗,在课堂上,或许就在老师的指导下阅读过华美的辞赋。在当今急速发展的社会,我们不禁要问一句:文学是什么?文学是一种力量,同样也是一种凝聚在血液中的生命记忆。文学的力量在于当你困厄的时候,能静下心来听一听先人的声音。你可以选择"路漫漫其修远兮，吾将上下而求索"，你也可以选择"仰天大笑出门去，我辈岂是蓬蒿人"。你会发现你在人生困境中并不孤独，你的心灵透过泛黄的纸张与千百年前的文人交相会合，如遇老友，可侃侃而谈，可推心置腹。文学能够让你静下心来，因为它很广远。文学并不是严肃的学究式的理论探讨，而是一种对话与发现。

文学最初的起源，并不是文字，而是先祖们嘴里发出的一声声呼喊。这或许是无意识的情绪的抒发，但是却成为了文学最原初的啼鸣。中国文学在早期并不是一个纯粹的形式，而是诗、乐、舞互为交缠，并与原始宗教一起构成映射在心灵中的投影。我们可以想象，先民们围着熊熊燃烧的篝火，唱着属于他们那个洪荒年代的歌曲，火光与舞步混杂成一幅流动的油彩画。只可惜音乐不能够通过纸张与浓墨穿越时光的隧道与我们见面，唯有入乐的歌词被记录在文本与史料中，成为留给我们后世子孙的民族灵魂。

当我们回顾民族的历史记忆，翻开那些尘封着的文字，我们才发现，我们的心思与古人是如此切近。吟诵着一篇篇诗词歌赋，我们虽身在当下，却心为古人！

诗

在中国文学中,诗歌无疑是一枚明珠。它诞生于上古时期先民的劳动歌谣与号子,历经无数的加工创造,终成为对语言进行巧妙拼接与契合的形式。最初的"诗歌"短促简单,有时只有两个字,常常伴随着狩猎时野兽的狂吼与围着篝火时人们杂乱的手舞足蹈。随着国家的产生,人们对诗歌进行了专门的记录与整理,《诗经》作为我国现存的第一部诗歌总集便由此诞生。孔子曾说:"诗三百,一言以蔽之,曰'思无邪'。"诗歌至此已经发展成四言,读之朗朗上口,抑扬顿挫,古气盎然。《诗经》中的很多句子已经流传了千年,成为情感的载体。当我们读出"蒹葭苍苍,白露为霜。所谓伊人,在水一方"时,会情不自禁地在脑海里浮现出水雾缭绕中,佳人那蓦然一笑。《诗经》并不是单纯的文学作品,文学在先秦分担了政治与宣传的职责。《诗经》分为风、雅、颂三部分,其中包含了对社会劳动生活的纪实,也包括庄严肃穆的祭祀用乐。可以说,《诗经》开辟了中国诗歌现实主义的传统,用并不过分华丽的语调,传递着沉甸甸的内涵。

诗歌文学在经历了秦代焚书坑儒的浩劫后,在大一统的汉代又萌发出新芽,汉代出现了重要的音乐机构——乐府。诗歌与音乐总有着剪不断的渊源,随着时光的流逝,灵动的乐曲早已经失传了,但是文字却伴随着笔墨传承至今,给了我们一个回望历史的机会。乐府诗歌忠实地记录了汉代的风霜雪雨,直白中透着苦涩的味道。《妇病行》、《孤儿行》写出了底层百姓生活的不易,其中的生老病死是人生不可逃避的命题,包含着不舍与苦痛。在汉乐府中包含着对时间的无限感慨,"薤上露,何易晞。露晞明朝更复落,人死一去何时归!"人生苦短与及时行乐所蕴含的复杂性与矛盾性令人唏嘘。爱情是诗歌的永恒主题。"我欲与君相知,长命无绝衰。山无陵,江水为竭,冬雷震震,夏雨雪,天地合,乃敢与君绝。"这样的句子被化用到影视剧中，何其热烈！何其饱满！汉代《孔雀东南飞》与北朝《木兰诗》被称为"乐府双璧"，开启了长篇叙事诗的传统。而文人诗"古诗十九首"则充满了雅气，它恰到好处地将诗情与语言结合在一起，五言诗开始逐步登上诗坛。

　　三国时期，天下三分，群豪争雄，曹氏父子鼎立文坛。曹操诗文古直，沧桑遒劲，有一股历经世事的豁达与进取。"慨当以慷，忧思难忘。何以解忧，唯有杜康"是一个男人的胸怀，"老骥伏枥，志在千里。烈士暮年，壮心不已"是一个男人的气度。沿着历史的脉络，我们从建安诗坛转向正始文坛，政治开始为文学蒙上阴影，诗歌在语焉不详中表达着诗人内心的不甘与恐惧。阮籍用八十二首《咏怀诗》欲说还休地表达自己的心声，嵇康却以风流倜傥与放荡不羁的态度对抗黑暗，并以艺术化的方式迎接了自己的死亡。当现实与自我内心发生激烈的碰撞时，我们将何去何从，陶渊明给了我们答案。在传统的文学中,陶渊明一直被定义为隐士。他躬耕陇亩,悠然自在,但是他在写下"寓形宇内复几时,曷不委心任去留"之前,也曾经拥有着不肯服输的志向,渲染着儒家精神的底色。读过陶渊明归隐前的诗歌,才能真正明白陶渊明生命中的多维向度,才能领悟到为何他在归隐田园时带着欢欣,又带着欲说还休的不舍。陶渊明也为我们提供了一个范本,一种哲学思考的方式,一个温暖慰藉的理由。

六朝时期诗歌的一个重要创新是山水诗的发展。出身世家大族的谢灵运成为这一转变的领军人物,山水逐渐成为审美的对象走入文学的视野。尽管这时的山水诗并不如盛唐山水诗那样优美成熟,但是却终于逐渐走出老庄玄言的影子,实现了一种自我心灵的追求。我们可以遥想当时的诗人们,面对着秀美山川,犹如一个初生的婴儿,极尽耳目之娱畅游于山河画卷中。他们是幸福的,他们拥有现代人无法企及的自在与宁静,即使是面对生命的坎坷与愤懑,一壶浊酒,一双木屐,一册画卷,置身山林中便可偷得浮生闲暇。当然诗歌的产生不仅仅要有内容的创新,形式上的变化也至关重要。唐诗之所以能够达到中国古典诗歌的顶峰,与四声的发现与声律的使用有着莫大的关系。永明体诗歌创作就极为重视声律的相配,使诗歌"一简之内,音韵尽殊,两句之中,轻重悉异"(沈约《宋书·谢灵运传》)。平平仄仄平平仄的搭配,从此走上了诗歌的舞台,一场诗歌的盛宴即将拉开华美的帷幕。

唐代,在中国文学史上是无比耀眼的时段,仿佛是浩渺宇宙中出现的无与伦比的群星闪耀,而唐诗也成为中国人精神记忆中最华丽的色彩。我们或许在童年背诵过"春眠不觉晓,处处闻啼鸟。夜来风雨声,花落知多少";或许听家里的长辈吟诵过"举头望明月,低头思故乡",却又是少年不知愁滋味;或许在课堂上一本正经地默写过"无边落木萧萧下,不尽长江滚滚来",若有所思地品味着其中的酸甜苦辣;或许于某个夜深人静的时候,闲来翻开一册唐诗,发现自己和千百年前的先人有着莫名的共鸣。生命在代代延续,诗歌也会混入我们的血液,犹如一个民族精神的基因,一次次地轮回。唐诗讲究风骨与兴象,前者如陈子昂的"前不见古人,后不见来者。念天地之悠悠,独怆然而涕下"。后者如张若虚的"春江潮水连海平,海上明月共潮生。滟滟随波千万里,何处春江无月明"。初唐时期的诗歌创作以"初唐四杰"为代表。他们才高而位低,又处于一个王朝生机勃发的初期,他们的诗歌中包含着雄杰之气,一扫六朝绮靡委婉,尽是骨气刚健,感慨生命,不平则鸣,在壮大中有一股慷慨悲凉。正如王勃的那句"海内存知己,天涯若比邻",昭示着唐诗繁荣的到来。

盛唐的诗歌无需再多说,篇篇都是珠玉,缤纷如胡旋舞娘跳动的脚步,令人目不暇接。王维的诗自在清新,禅意无穷,晶莹剔透,读之使人宁静，如若水晶；李白的诗潇洒俊逸，行云流水，酣畅淋漓，读之使人舒怀，好似钻石；杜甫的诗，温柔敦厚，沉郁顿挫，忧国忧民，读之使人壮阔，却如美玉。跟随着诗人的一撇一捺，走入古时的悲欢离合，我们可以感受到生命境界的广阔，感受到人生的韧劲。经历了安史之乱，盛唐诗歌的发展画上了句号。战争使得民生疾苦，而这些苦难撞击着中唐诗人们敏感的心灵。令人眷恋的盛世伴随着青春年少一同消逝，人生如梦的感慨如幽灵一般徘徊在他们的心中，因此，中唐诗人的诗风大多清淡冷静，有一种淡淡的孤独。其代表如柳宗元的《江雪》——"千山鸟飞绝，万径人踪灭。孤舟蓑笠翁，独钓寒江雪"。中唐时期的另一类创作是白居易的诗歌，他的著名论点是"文章合为时而著，歌诗合为事而作"。因此，白居易的诗歌通俗易懂，直指时事，充分发挥了诗歌的政治讽喻作用。到了晚唐，唐诗犹如夕阳散发出的最后一抹余晖，却是夕阳无尽好,只是近黄昏。唐诗记录了晚唐诗人内心由于压抑与惶恐而锻造的诗歌风格的瑰丽奇绝。在晚唐诗人李贺的笔下,世界是个变形的天地,各种奇绝冷艳的色彩出现在他的诗歌中。而李商隐则用近乎密码化的语言诉说他不能直抒的压抑。他只能叹息,只能说一句:"此情可待成追忆,只是当时已惘然。"跟随着诗歌的流变,我们可以领略到在历史记载中所缺失的心灵史的变迁,在满口生香的文字中触摸唐朝。

诗歌发展到宋初面临着一个巨大的困境,唐诗已经为中国古典诗歌树立起了一座高峰,使后人只能仰望,至于如何去翻越这座高峰,宋人则一筹莫展。宋初诗歌选择了三条路子。一是白体诗,"白体"顾名思义就是向白居易学习,但是白体诗人模仿的并不是白居易的讽喻诗,而是他诗歌酬唱的闲适诗。二是晚唐体,他们追随晚唐诗人贾岛、姚合的诗风,诗歌清瘦,意象禁锢在花鸟虫鱼、山水幽壑、日月星云、竹石风雪上。三是影响力比较大的西昆体。"西昆体"名字来源于类书《历代君臣事迹》的编纂,以翰林大学士杨亿为代表的馆阁文人进行诗歌酬唱,之后这些诗歌被集结成册,命名为《西昆酬唱集》。西昆体诗人的模仿对象是晚唐诗人李商隐,他们崇尚李商隐诗歌的词采华茂、隐喻浓密的特点,以咏史和咏物诗作为诗歌创作的主流。但是这三种尝试只能说是对唐诗的模仿,模仿最多得其形似而不能得其神似。宋诗面临着一个两难的抉择。宋代著名文学家欧阳修担起了宋诗改革的重任。欧阳修认为诗歌的创作不能靠埋首故纸堆,也不能靠亦步亦趋地模仿前人,而是要回归到生活中去,在生活中接受艰难困苦的打击磨砺,才能拥有开阔的诗境界。宋诗不再像唐诗那样充满山河壮阔的家国情怀,宋代诗人开始探索被唐人忽视的生活角落。生命的美好并不仅仅在于宏大,于细微处亦有乐趣。如果说唐诗是青年人的歌,那么宋诗则像是中年人经过时代积淀所展现的生命体验。宋代诗歌文人化的倾向很重，大诗人苏轼即是其中的代表。他的诗歌讲究理趣，讲究生活的味道，讲究文化的氛围，这种种的一切都为宋诗的繁盛开辟了新的路子。

一、千年《诗经》：温柔古朴流诗源

当远古的先民们在丛林中追逐野兽发出简短的号子时，文学便开始了。文学是生活的浓缩性表达，是喜怒哀乐经过提炼后的释放。文学的发生早在文字产生之前。中国最早的诗歌是语言、舞蹈、音乐的杂糅。诗歌伴随着篝火，伴随着丰收，伴随着青铜器的敲击，渐渐地凝固成纸与笔之间千年不褪色的墨痕——《诗经》。

风雅成颂：《诗经》的前世今生

《诗经》是什么？如果从文学史的角度对它进行定义，那么它是中国第一部诗歌总集，收集了从周朝初年到春秋中期五百多年的诗歌作品。《诗经》最初仅仅被称为《诗》，相传孔子曾经对《诗》进行删减修订，只保留了三百多首精华。《论语·为政》中亦记载："诗三百，一言以蔽之，曰'思无邪'。"直到汉代儒学大兴，凡是据说为孔子整理编订过的书籍都被冠以"经"，才定名为《诗经》，以示其儒家经典的地位。

《诗经》可以分为风、雅、颂三部分。宋代史学家郑樵在《通志》中曾说："风土之音曰风，朝廷之音曰雅，宗庙之音曰颂。""风"又称为"国风"，"国"在先秦时期并不是国家的意思，它所指的范围相当于今天我们所说的地区。周朝实行分封制，大小诸侯国林立，不同地区的文化风俗不同，因此，"国风"就是指在地方流行的曲调，相当于今天的民歌。"雅"又分为"大雅"和"小雅","雅"就是朝廷正式的音乐,它的主要功能是记录王政的得失,既有歌颂,又有规劝。"颂"是宗庙祭祀时所使用的音乐,它在《诗经》中语言最为古奥严谨,常在重大祭祀仪式上使用。我们今天没有祭祀,但是在一些重要典礼开始之前都会奏国歌,"颂"的意义也与之相似。

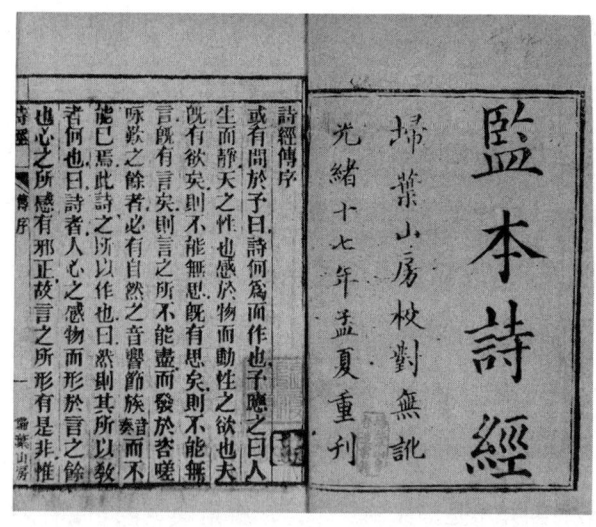

古本《诗经》书影

孔子

但是，当我们超越了文学史的定义，亲手翻开这部古老的诗集，你会感受到中国诗歌文学最初的脉搏，感受到没有遭受禁锢的热情歌唱，感受到先民们用工整的四言创造出的灵动篇章。《诗经》的作者已经淹没在历史的长河中了，但是他们的一颦一笑，他们的灵思跃动，却在比兴之间穿越了千年时光，印刻到了我们的灵魂深处。

知识链接：

《诗经》中共记载了十五国风，160首诗歌，即周南、召南、邶风、鄘风、卫风、王风、郑风、齐风、魏风、唐风、秦风、陈风、桧风、曹风、豳风。

青青子衿：《诗经》中的恋曲

爱情是人类永远逃不过的魔咒，情之所至，颠倒众生，《诗经》中的爱情大胆热辣却又温柔敦厚，一曲曲古朴的情歌便由此诞生。几百年来，中国人的爱情总是藏在最隐秘的角落，像一株瘦而发黄缺少阳光照射的植物一般，欲说还休，半遮半掩。但是在《诗经》中，爱情彰显着它最原始的魅力，真、美、纯、热、嗔，五味俱全的人生佐料经过文字细细碎碎地慢炖，流出了生命最饱满的浓汁，使人读之满口留香。

> 关关雎鸠，在河之洲。窈窕淑女，君子好逑。
> 参差荇菜，左右流之。窈窕淑女，寤寐求之。
> 求之不得，寤寐思服。悠哉悠哉，辗转反侧。
> 参差荇菜，左右采之。窈窕淑女，琴瑟友之。
> 参差荇菜，左右芼之。窈窕淑女，钟鼓乐之。
>
> ——《诗经·关雎》

中国人谈爱情，不像西方人那样直白，不会直接说"你是我的太阳啊！""你是我心中的火焰啊！"中国人追求自己喜欢的女子，会先说水边的雎鸠，会先说水中的荇菜，这似乎是与爱情毫不沾边的，但是讲究的就是这份缓缓而来的意境。先从听觉入手，"关关"是雌雄和鸣之声，在水雾微朦的湖心岛上，不时传来鸟儿悠长的鸣叫，真是道是无情却有情，就像一滴墨滴在青瓷瓮中，一点点晕开，淡出一丝涟漪。接着看似漫不经心地一转，写出了多情君子，道出了窈窕淑女。中国诗歌和中国文人水墨画一样，有着大量的留白供你想象。在《关雎》中，我们不知道君子与淑女第一次是如何相见的，但是我们可以想象那一定是惊鸿一瞥，就此在心中留下了不可磨灭的印记。求，而不得，不得而辗转反侧，彻夜难眠进而再接再厉，使尽浑身解数不过为博她一笑。这曲曲折折的求爱之路和今天的我们何其相似，大抵世间痴情不过如此。我们今天一些年轻人追求自己心爱的姑娘，也有很多是抱一把吉他，挑一个有月亮的晚上，在女孩子的楼下唱一首情歌，这不就是"窈窕淑女，琴瑟友之"吗？《关雎》为《诗经》开篇第一首，它也为《诗经》奠定下了"乐而不淫，哀而不伤"的调子。这是一种饱满而节制的情感，没有撕心裂肺的哭天抢地，没有乐不可支的得意忘形，感情划过岁月的年轮，愈显温柔敦厚，悠远绵长。

　　《诗经》时代并不只产出娇羞的淑女，有时候那份热辣辣的情愫伴着似嗔似怨的诗句，令人莞尔，令人感叹。

青青子衿，悠悠我心。纵我不往，子宁不嗣音？
青青子佩，悠悠我思。纵我不往，子宁不来？
挑兮达兮，在城阙兮。一日不见，如三月兮。

——《诗经·子衿》

"青青子衿，悠悠我心"，这句诗经过曹操《短歌行》的化用已经被人熟知。曹操的诗中有一份王者的大气与忧思，但是在《诗经》中，"青青子衿，悠悠我心"却只有一份小儿女的情思。"子衿"是男子的衣领，代指青衫男子，多情少年。要对一个人爱到什么程度，才能让他的一切都幻化成化不开的相思，以至于梦中无数次出现他青青的衣领，出现他玲珑的玉佩？爱情的味道岂止是甜蜜，而是先一点点甜，再一点点酸，还有一丝丝涩——"纵我不往，子宁不嗣音？纵我不往，子宁不来？"两个反问，两句诘责，也是两份企盼。女子的娇羞与爱情的炽热杂糅成这两句嗔怪，在这"子宁不来"的背后不知道有多少次辗转反侧，不知道有多少次高楼凝睇，不知道有多少次强颜欢笑。时间在这里凝滞了，"一日不见，如三月兮"，每一分每一秒都如在心尖上行走。短短八字，言简意赅地写出相思而不得见的愁苦。女子之娇，女子之痴，女子之嗔，女子之柔，都在这一问一叹中得到了诠释。

《诗经》中这样怨中带痴的言语写尽了人情百态。"未见君子,惄如调饥",而"既见君子,不我遐弃"(《诗经·汝坟》),"惄"就是忧愁的意思,"调饥"指的是早晨很饥饿。这个比喻用得巧妙,没有见到心爱的男子,她的主观感受与客观身体情况重合在了一起,身体的饥饿映衬着心灵的饥饿,当她见到自己的心上人时,她却仍是担忧,担忧自己的爱人将要远离。"自伯之东,首如飞蓬。岂无膏沐,谁适为容?"爱人的远离令痴情的女子无心装扮,一句"谁适为容"饱含了多少骄傲的爱意。花开花落只为伊人,而值得庆幸的是她有这样一位良人君子,供她思念,供她将唯一的真心托付。爱情并不总是那么美好,时间能够消磨掉激情的棱角,将醇香的美酒变成酸涩的陈醋。"总角之宴,言笑晏晏,信誓旦旦,不思其反。反是不思,亦已焉哉!"(《诗经·氓》)总角之年,青春岁月,你我容颜正好,耳鬓厮磨,而如今我年老色衰,皱纹遍布,你却冷言冷语,温情不在。原来的温柔软语今日听起来都是讽刺,但是在这哀怨中却又有一丝坚韧,一丝决绝,没有矫揉造作,颇有现代女性的独立果敢。

雅颂大成：《诗经》中的现实与政治

《诗经》并不仅仅是缠绵悱恻的爱情篇章，它还开启了中国诗歌现实主义的传统，在一停一顿间，有对民族历史的记载，有对农桑生活的描述，有宴飨和乐的场景，有尖锐辛辣的嘲讽。通过《诗经》，我们可以立体地触摸那个年代。

史诗是一个民族对自我最原始最崇高的叙述，中国汉民族文学中史诗作品并不丰富，但是在《诗经》中却保留了五篇周族史诗。其中，《生民》一篇记载了周族祖先后稷出生的神奇故事。后稷的出生充满了神话色彩，他的母亲名叫姜嫄，姜嫄"履帝武敏歆"而生下了后稷。这句话翻译过来就是：姜嫄踩着天帝留下的巨大的脚趾印感天而孕，生下了后稷。后稷的母亲觉得这个孩子出生很不祥，就想把孩子抛弃——"诞置之隘巷，牛羊腓字之；诞置之平林，会伐平林；诞置之寒冰，鸟覆翼之"。本想让牛羊将后稷踩死，但是牛羊都自觉地绕道而行；本想将后稷扔在森林里饿死，但是正赶上伐木的人救了他；本想将后稷放在冰上冻死，但是成群的鸟儿用翅膀温暖着他。我们不得不佩服先民的想象力，佩服他们用瑰丽的神话般的语言去书写令他们自豪的历史。

后稷被称为农业之祖。商周时期,农业是一个国家发展的重中之重,黄色的土地孕育着黄色的希望,《诗经》最长的一篇《七月》就是周朝农耕生活的写照。"七月流火,九月授衣"是开篇第一句。"七月流火"经常被用来形容夏季气候炎热,这其实是不对的。因为周朝使用的历法与现在我们所使用的历法不同,周朝的七月已经是秋季,而此处的"火"指的是星宿名,即大火星,"七月流火"指的是天气转凉。《诗经》的语言古朴直白,经历了几千年的岁月变迁,我们现代人借助辞书依旧能够读懂《诗经》,依旧能够感受到那份面朝黄土背朝天的淳朴踏实。《诗经》让我们找到了中华民族的根脉。听——"七月在野,八月在宇。九月在户,十月蟋蟀入我床下。穹窒熏鼠,塞向墐户……"

《诗经》与政治发生关系的时间很早,不仅其中的"变风"、"变雅"作品与政治紧密相连,而且在春秋时期,谈论政事往往需要从《诗经》中引经据典,能否熟练运用《诗经》已成为衡量一位君子政治能力的标准。当然,他们对于《诗经》的解释往往是断章取义的。《诗经》对现实政治的讽刺常常是尖锐的,现实的黑暗投射到文学中,文学也会撕去温情的面纱。

> 不稼不穑,胡取禾三百廛兮?不狩不猎,胡瞻尔庭有县貆兮?彼君子兮,不素餐兮。
>
> ——《诗经·伐檀》

不种庄稼又不收割,为什么要收取三百束稻子呢?不去狩猎,为什么院子中却挂着野兽的肉呢?这些高高在上的权贵们,从来都不吃白饭。一个个反问令人哑口无言,是心酸,是愤怒,是不平而鸣,甚至能够读出一丝无奈。或许面对现实,诗歌是唯一的宣泄途径吧。

知识链接

五篇周族史诗是指《生民》、《公刘》、《绵》、《皇矣》、《大明》,讲述了周族从弱到强的发展历史。

周历以通常冬至所在的建子之月(即夏历的十一月)为岁首,夏历则相当于我们所说的农历。

"变风"、"变雅"是《诗经》的一种风格,其与传统"风"、"雅"表现的内容有所不同,一般以揭露统治的黑暗和对社会的嘲讽为主。

二，羁旅思情：无名的质朴诗篇

汉代五言诗歌的明珠——《古诗十九首》就像一个传奇，它并没有单独成册，而是被南朝萧统编著的《昭明文选》收录。也许这就是文学的馈赠，当时间抹去了作者的姓名，当岁月带走了承载文字的纸张，只有那份绵长的诗情在冥冥之中延绵。

《古诗十九首》的意义在于，它使中国诗歌开始走出《诗经》所创造的四言写作模式，并在《楚辞》骚体的基础上开创了五言诗的抒情方式，将现实与浪漫情感杂糅在质朴而充满哲思的言语中。羁旅游子与闺中思妇是《古诗十九首》所要表达的主题，两个主题回环往复，共同构成了诗歌对于时间、空间、人生、宇宙的思考。游子们常年在外奔波求仕，他们的所见、所想、所思是颇为复杂而具有两面性的：他们一面有着昂扬的态度，一面却又感慨光阴易逝，功名未建头已白；他们一面思念着故土，思念着远方的妻儿，一面却不得不独自面对漂泊羁旅的艰辛。他们在路上看到的是"驱车上东门，遥望郭北墓。白杨何萧萧，松柏夹广路。下有陈死人，杳杳即长暮"。日暮黄昏中的孤坟野岭，风吹叶落，松柏重重，所有的自然景观都渲染出一份沧桑和悲凉。游子从先逝者的永恒沉睡中看到了生命的缺憾——"人生忽如寄，寿无金石固"。时间成为一个可以触摸的隐身者。飞黄腾达在那个年代是个小概率事件，那么要让生命在苦痛中延续，就只有用酒精——"不如饮美酒，被服纨与素"来麻痹，或是女人——"燕赵多佳人，美者颜如玉"来慰藉。

此种悲哀与坦率混杂着文人的痛与悟，忧伤与欢乐常常交替出现，常年的飘荡使得那种"独在异乡为异客"的疏离感萦绕在游子的心头。在《青青陵上柏》中，一句"人生天地间，忽如远行客"将所有欢欣的情绪都打散，以至于"极宴娱心意，戚戚何所迫"，一种莫名其妙的伤感涌上了心头，却又无可追寻，无可化解。当然，《古诗十九首》并不全部是愤世嫉俗的控诉，它的价值在于传达了一种在困苦中积极向上的精神，鼓

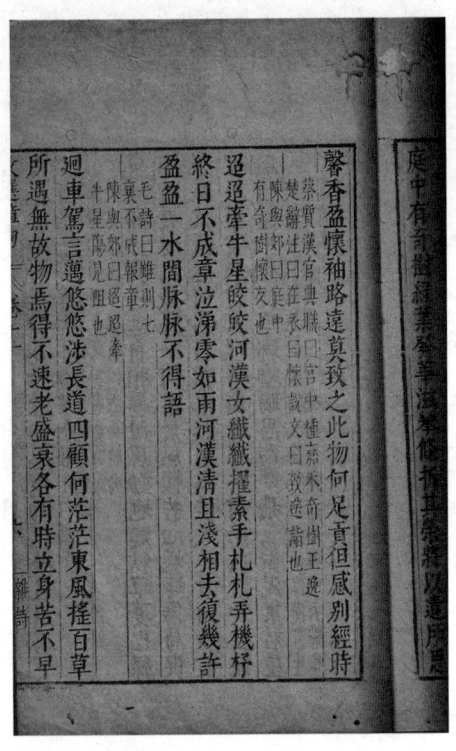

《古诗十九首》书影

舞着沉沦下僚的士子的心。《今日良宴会》写道："何不策高足，先据要路津。无为守穷贱，轗轲长苦辛。"他们要使生命的火焰发出最耀眼的光芒，以至于认为："生年不满百，常怀千岁忧。昼短苦夜长，何不秉烛游！"秉烛夜游，极尽良宵，多么张狂而富有想象力的语句，但是在这追求欢愉的极限中，却又是对生命苦短的反向控诉。

思妇情怀在《古诗十九首》中同样表现得淋漓尽致，如一首《涉江采芙蓉》：

涉江采芙蓉，兰泽多芳草。采之欲遗谁？所思在远道。

还顾望旧乡，长路漫浩浩。同心而离居，忧伤以终老。

开篇以夏季明丽的风景为引子，清清江水，娇红新莲，江南女儿的心事谁又知晓呢？一切都被那惆怅的表情所打破。女子手中拿着红莲，但是她的心却飞向了遥远的他乡。远方的人儿在想着什么呢？他的眼也望着故乡的方向，但是长路漫漫，只能在心中哀叹一声。最为伤感的莫过于一句"同心而离居，忧伤以终老"。两情相悦却不能相知相守，这种相思的煎熬犹如被千万只蚂蚁吞噬，心想念却难相见，忧伤使人怨，忧伤催人老。从开篇的清新自然到结尾的苍凉悲伤,从如花少女写到暮色老人,时间的跨度似乎只是一瞬,但是个中苦痛谁又真的知晓呢?

《古诗十九首》中的那份思情颇为纯真炽热,这些诗句来源于现实,却又有一份文学的浪漫,因为每一句诗都是经过了情感的无数次煎熬而提炼出的精华。山路重重,与君生别离,从此天涯海角各在一方:

> 行行重行行,与君生别离。相去万余里,各在天一涯。
>
> 道路阻且长,会面安可知?胡马依北风,越鸟巢南枝。
>
> 相去日已远,衣带日已缓。浮云蔽白日,游子不顾反。
>
> 思君令人老,岁月忽已晚。弃捐勿复道,努力加餐饭。

自然界中尚有马归厩、鸟回巢,但是思妇却只能形单影只,一句"衣带日已缓"道出了千古离情苦。诗人在吟诵思念愁苦时,可能并不知道千百年后有一位词人吟唱出了同样的句子——"衣带渐宽终不悔,为伊消得人憔悴"。但是在悲伤的同时,思妇却想着远方的他,吃得饱吗?穿得暖吗?于是叮咛嘱咐一句"努力加餐饭"。

多么平常的一句话,却是妻子最好的情话。爱情不再是忽嗔忽喜的折腾,而是将思念化为关心,在每一个黄昏不停地守望。古代女子表达内心情感的方式多种多样,她们或是"忧愁不能寐,揽衣起徘徊",或是"愁多知夜长,仰观众星列",或是将鸿雁之书"置书怀袖中,三岁字不灭"。人生冷暖,儿女情长,几千年来都未曾改变。

知识链接

《昭明文选》:中国现存最早的诗文总集,收录先秦到南朝梁诗文700余篇。因为南朝梁武帝的长子萧统组织文人编纂,萧统谥号"昭明",故称《昭明文选》。

三、建安诗坛:从此风骨入诗髓

乱世,常常充斥着刀光剑影,常常包含着哀鸿遍野,放眼望去,不是妻离子散,便是人疲马嘶。但是国家不幸诗家幸,建安诗坛中的诗人们正是蘸着生民们的鲜血与哀痛,在文学史上写下了古直苍劲的一笔。

乱世悲音：建安时期的文坛现象

建安是汉献帝年号。建安文坛指的是在三曹父子——曹操、曹丕、曹植领导下的，以"建安七子"为辅翼的文学发展时期。建安时期战乱频繁，东汉王室衰微，各地雄豪并起，文学在此时不再是宴饮欢唱，诗人们也往往兼具着政治家的身份，像曹氏父子。他们的眼睛望向血与肉的现实生活，开创了诗歌的一次"文艺复兴"。建安时期是一个传统走向瓦解的时代，古典与创新在这种断裂中呈现一种新奇的融合，坦率的悲伤构成了诗歌中的强音。但是这种悲伤却不是妇人般的哀婉绮靡，它是男人的眼泪，不在悲哀中萎靡不振，而是在伤痛后变得更加坚强，爽朗厚重，古直遒劲。后世称之为"建安风骨"。建安诗风有两个特点，一是对现实战乱的真实描写。王粲在其《七哀诗》中就记载了一位因为战乱而忍痛弃子的妇人，描写了战争造成的"出门无所见，白骨蔽平原"的惨景。另一个特点是诗中有骨气，慷慨悲凉之气遍布诗篇。正如刘桢的《赠从弟》所写，"风声一何盛，松枝一何劲"，诗人们像松柏一样在残酷的现实中保持着慷慨正气。在建安诗坛，曹氏父子无疑是最具有代表性的人物。

知识链接：

建安作为汉献帝年号是指公元196—220年。建安七子是建安时期活跃在文坛上的七位作家，记载在曹丕的《典论·论文》中，即孔融、陈琳、王粲、徐幹、阮瑀、应玚、刘桢。

古直悲凉：曹操的诗歌吞吐

中国文学史上有很多成就斐然的父子兄弟，其中最为著名的两家要数曹氏父子和之后宋代的苏氏父子。曹操父子的文学创作为建安文坛画上了浓墨重彩的一笔。说到曹操，肯定很多人都会想起《三国演义》中的那位奸雄，但是在文学层面，曹操却是才气纵横英才不凡。他的作品现存二十多首，全部是乐府诗，但是曹操在接续乐府诗歌体式的传统下进行了创新，在旧题目中写出了时代的新意。曹操是一位政治家，政治家往往是最仁慈也是最残忍的，他们一只眼要看遍民生疾苦，另一只眼却要警惕血雨腥风。政治与诗歌如藤蔓一般纠缠在一起，于秋风萧瑟中留下一声穿越千年的叹息。

曹操的诗歌中有一份政治家的悲悯。他的眼光是宏大的，他所听见的声音是悲壮的。在《蒿里行》中他用诗歌真实地记录了汉末讨伐董卓的战争。轰轰烈烈的战争开始往往打着正义的旗号，但是最后往往因争权夺利而草草收场。兴，百姓苦；亡，百姓苦，以至于"铠甲生虮虱，万姓以死亡。白骨露于野，千里无鸡鸣。生民

曹操像

百遗一,念之断人肠"。这首诗被《古诗归》称之为"汉末实录"。当我们撇开诗歌的理论探讨,可以看到的是,一颗悲悯的心在跳动,曹操不再是高高在上的帝王将相,他亦会肝肠寸断,亦会为天下苍生悲恸。而且他将这种悲恸化为了抱负,化为了野心,他在诗歌中不厌其烦地阐述着他对于"理想国"的追求。从《对酒》中开篇那句"对酒歌,太平时,吏不呼门。王者贤且明，宰相股肱皆忠良"，到结尾"人耄耋，皆得以寿终。恩德广及草木昆虫"，就如一部激情勃发的交响乐。曹操的理想太远大了，他要朝堂之上君明臣贤，他要风调雨顺五谷丰登，他要子孝兄亲路无拾遗，他要所有人平安喜乐幸福终老，他甚至要将恩泽布施于草木虫鱼。每每读到此处，都觉得曹操既是一位心忧天下的政治家，又是一个自信满满的理想主义者。

但是生之实难，人生不如意之事十有八九，天下三分，壮志难酬，白发易生，岁月能带走很多东西，却带不走一颗英雄的心。《短歌行》中"对酒当歌，人生几何！譬如朝露，去日苦多。慨当以慷，忧思难忘。何以解忧？唯有杜康"。这是一个男人的心声。电视剧《康熙王朝》的结尾曲曾经唱到"我真的还想再活五百年"，千古帝王没有一个不想看到自己霸业终成，但是奈何光阴似流水，此人生第一忧患。此时酒便成为调和生命张力的润滑剂，于醉眼朦胧中或许还可以将这英雄迟暮的悲哀忘怀。但是，"青青子衿，悠悠我心。但为君故，沉吟至今。呦呦鹿鸣，食野之苹。我有嘉宾，鼓瑟吹笙。明明如月，何时可掇？忧从中来，不可断绝"。一忧未平，一忧又起，曹操向来求贤若渴，因为他早已明白"天地间，人为贵"（《度关山》），他知道靠着一己之力是无法治国平天下的,唯有"山不厌高,海不厌深,周公吐哺,天下归心"。曹操的忧愁来源于他宏大的家国情怀,悲而不伤,一进一退间如听松风海涛。

曹操的诗歌中常含着一股气,这股气如黄昏时分那一轮苍凉的红日,如在暮色中独立于一株盘曲的枯枝下,一字一句中留下长长的叹息。且看一首《步出夏门行·观沧海》:

> 东临碣石,以观沧海。水何澹澹,山岛竦峙。
> 树木丛生,百草丰茂。秋风萧瑟,洪波涌起。
> 日月之行,若出其中;星汉灿烂,若出其里。
> 幸甚至哉,歌以咏志。

具有怎样的心胸才能吟咏出这样的诗篇?秋风萧瑟,风声伴随着海涛声摇曳人心,但是诗情却不流于哀婉。一个转笔,曹操从浩瀚的东海中看到了日月星辰,看出了人生的饱满,动静之间的那份胸怀不经历过人生的跌宕起伏怎么能拥有呢!

再看《却东西门行》:

> 鸿雁出塞北,乃在无人乡。举翅万里余,行止自成行。
>
> 冬节食南稻,春日复北翔。田中有转蓬,随风远飘扬。

长与故根绝，万岁不相当。奈何此征夫，安得去四方！

　　戎马不解鞍，铠甲不离傍。冉冉老将至，何时反故乡！

　　神龙藏深泉，猛兽步高冈。狐死归首丘，故乡安可忘！

一位军事将领却拿起笔来写征夫，写他的颠沛流离，写他的衣不解带，写他不如一只鸿雁自由，写他年老怀乡。可以说曹操也是一位老兵，多年的戎马生涯使他能够体会到将士们春去冬来的那份思念。而"老"也成为他诗歌中挥之不去的母题，他似乎一直想要抗拒时间的侵袭，一种愚公移山式的孤勇在他的《龟虽寿》中表现得淋漓尽致——"老骥伏枥，志在千里；烈士暮年，壮心不已"。荡气回肠，英雄暮年却是老当益壮，直令人胸中涌动热血，愿重回峥嵘岁月。

知识链接

　　曹操（155—220），字孟德，东汉末年政治家、军事家、文学家。曾任东汉丞相，三分天下称魏王，死后谥号魏武帝。

　　《蒿里行》是汉代挽歌歌辞的一种。汉代创作

《薤露行》作为王公贵族的挽歌,而作《蒿里行》为一般士大夫庶人的挽歌。

公元189年,掌握东汉实权的董卓废少帝刘辩,拥立刘协登基。关东义士拥立袁绍为盟主进行讨伐。但是随着董卓挟天子以令诸侯,关东军内讧,讨伐战争因而失败,遂形成群雄割据的局面。

杜康是东周人,相传为用粮食酿酒的始祖。造酒的遗址在汝阳县蔡店乡的杜康村。他的名字成了美酒的代称。

文气顿生:曹丕、曹植的诗歌创作

俗话说"虎父无犬子",曹丕亦是诗歌能手,但是他的诗风却一改其父大气古直之风。沈德潜曾在《古诗源》中评其诗作:"便娟婉约,能移人情。"曹丕的诗歌颇具文人气息,他有着一颗敏感的艺术心灵,使他能够在兵荒马乱的社会中体察情感最细微的律动。《燕歌行》是曹丕的名篇,也是第一首成熟的七言诗。在诗中,他化身成为独守空房的少妇,诉说衷肠:

> 秋风萧瑟天气凉,草木摇落露为霜。群燕辞归雁南翔,念君客游思断肠。慊慊思归恋故乡,君何淹留寄他方?贱妾茕茕守空房,忧来思君不敢忘,不觉泪下沾衣裳。援琴鸣弦发清商,短歌微吟不能长。明月皎皎照我床,星汉西流夜未央。牵牛织女遥相望,尔独何辜限河梁?

中国自古就有悲秋的传统,曹操看秋,看到的是"秋风萧瑟,洪波涌起",曹丕看秋,看到的却是"草木摇落露为霜"。少妇悲秋本不是新鲜题材,但难能可贵的是曹丕以帝王之尊写出如此动情的诗篇。女子的婉转情态被作者真实细致地描摹着。燕南飞,思妇首先想到的不是自己,而是羁旅他乡的游子。一种相思,两处闲愁,闺中少妇似恼似嗔地反问,答案却是无解。取琴消遣,但却又是一曲琴声一行泪。明月皎皎,又是一个不眠的夜晚,而她唯一能够对话的只有同病相怜的牵牛织女星了。

阎立本《历代帝王图》中的曹丕像

曹丕流于多愁善感,他的诗歌中常有"人生如寄,多忧何为?今我不乐,岁月如驰"(《善哉行》)的悲伤感。人生如寄,说得既冷静又悲凉,这种情感与曹操在哀叹中的昂扬不同,它是一种无可化解的绝望。他常在欢乐中敏感地预先体察到悲伤的气息——"乐极哀情来,寥亮摧心肝",或是在夜深人静的时候"漫漫秋夜长,烈烈北风凉。展转不能寐,披衣起彷徨",或是听高山流水之时"音声入君怀,凄怆伤人心"。在曹丕的身上总有一抹无法消除的阴影,他似乎无处去诉说,也似乎不想去诉说,但是现实存在的情感总会随着他的诗歌,随着他欢宴醉后的低吟浅唱流露出来。这或许就是文学存在的意义——给人以解脱,给人以倾诉。

曹植,曹子建,颇富文气,亦有将才。少年得志的他,诗歌总是意气风发,一改父兄低沉婉转之风。南朝谢灵运对他颇为仰慕,曾言:"天下才有一石,曹子建独占八斗。"这也是"才高八斗"这一成语的来历。读曹植《白马篇》总能想到贺铸的《六州歌头》:"少年侠气,交结五都雄。肝胆洞,毛发耸。立谈中,死生同。"想必只有年少得意的骁勇少年方有此种诗情胆识——"白马饰金羁,连翩西北驰。借问谁家子?幽并游侠儿"。想必是经历过战场的考验与成功的洗礼才会如此自信——"仰手接飞猱,俯身散马蹄。狡捷过猴猿,勇剽若豹螭"。曹植的忠心、雄心与胆力在最后一句中得到了升华——"捐躯赴国难,视死忽如归"。读之不禁令人拍案而起。后世评价曹植骨气奇高,在他的诗歌中兼顾了父亲的风骨与兄长的辞情。他此时还做着一个"丈夫四海志,万里犹比邻"的英雄梦。

曹植墓(位于河南省开封市)

但是随着曹丕登上大位,留给曹植的只有惶恐不安与不得志的追忆,之前的烈火烹油更衬得现在的颜色惨淡,苦闷开始成为他诗歌的底色。紧张感、不安感通过他的诗歌传达出来,他开始感叹"浮萍寄清水,随风东西流"(《浮萍篇》)。似乎前半生如一场梦,一切的一切都"形影忽不见,翩翩伤我心"。他开始发现自己无力保护自己所在乎的人,在《野田黄雀行》中曹植化身为一位解救落网雀鸟的少年，但是在现实生活中他却是过着"利剑不在掌，结友何须多"的生活。当年的豪气都变成了刻意表现出的小心谨慎，曹植开始自比弃妇。在《七哀》中他道："君若清路尘，妾若浊水泥。浮沉各异势，会合何时谐？愿为西南风，长逝入君怀。君怀良不开，贱妾当何依？"言语之中，委屈不平和郁郁不得志之感跃然纸上。我们很难想象这位曾经写下昂扬活泼文字的诗人会如此落魄。他开始变得不快乐，他开始感慨"人生不满百，戚戚少欢娱"，他的调子也由"白马饰金羁"的昂扬转向了"高台多悲风"的沉郁。曹植唯有将用世之心寄于诗歌，唯有将曾经的志向高远换作笔墨间"闲居非吾志，甘心赴国忧"的无法实现的呓语。

知识链接

曹丕（187—226），字子桓，曹操之子，三国时期著名政治家、文学家。曹魏开国皇帝，谥号魏文帝。

曹植（192—232），字子建，三国曹魏著名文学家，魏武帝曹操之子，魏文帝曹丕之弟，生前曾为陈王，去世后谥号"思"，因此又称陈思王。

《古诗源》：清沈德潜编著，是一部从先秦到隋代的古诗选集。

四,正始悲音:无可排解的苦闷

建安之后二十年,文坛迎来了正始时代。二十年也许在历史的长河中只是一瞬间,但是在那个年代的诗坛上,所有的一切都发生了翻天覆地的变化。魏蜀吴三分天下的局面变成了魏国独大,曾经光辉一时的曹氏政权在司马氏的打压下岌岌可危,当年曹操语出惊人的《求逸才令》被司马昭的"以孝治天下"所取代。文人不再站在悲天悯人的制高点上去关注众生,他们已经没有了建安时期文人的自信,他们面临的已经不是人生的苦闷,而是如果不服从司马氏的统治就要被清除的命运。在这样一个山雨欲来风满楼的时代,文人们将何去何从?他们是要选择卑微地噤声,还是要选择无畏地呐喊?

阮籍：行到水穷处的恸哭

竹林七贤，正是这一时期文人的代表。不少人将他们定义成放浪形骸的自由主义者，无拘无束的清谈大师，悠游自在的竹林隐士，将他们放在精神理想畅游的高度。但是在魏晋玄学盛行的外表下，他们的所作所为——无论是潇洒也好，呓语也罢，都是苦闷无法冲破后的精神反应。那个时代的空气中充满了阴谋与血腥，那个时代是"名士少有全者"的白色恐怖时期，所有的发泄只能是通过欲说还休、含义隐晦的诗句表达，通过看似不羁但却寄托深远的言行控诉。诗人们重新回到了自我内心的世界去深挖，但是可悲的是，即使是自己的情感点滴，他们也无法直白地去描画。

《竹林七贤图》局部

阮籍，竹林七贤之一。面对现实的残酷，他选择了逃避，选择了消极的抵抗方式，选择了将自己的心曲在八十二首《咏怀诗》中吐露。八十二首的篇幅，只是在为一种感情润色，这足以看出这种情绪蔓延的时间之长，足以证明灰色的压抑在不时侵袭诗人的生命。孤独、苦闷、忧郁，所有的一切变成了在诗歌语言中的横冲直撞，最后只剩下绝望。

> 嘉树下成蹊，东园桃与李。秋风吹飞藿，零落从此始。繁华有憔悴，堂上生荆杞。驱马舍之去，去上西山趾。一身不自保，何况恋妻子？凝霜被野草，岁暮亦云已。
>
> ——《咏怀诗》之三

看过了希望，再看希望被欺凌、被折磨、被毁灭得一塌糊涂，绝望也就诞生了。嘉树、桃李，本是美好的事物，本是代表着昂扬的未来，但是伴随着秋风的到来，一切都归于零落，白茫茫大地只留下繁华过后的憔悴和满眼心酸的荆杞。但是，是什么造成了这种风卷残云式的巨变呢？为何没有人去反抗这种变迁呢？阮籍不能说，却又心中意未平，便只能"驱马舍之去，去上西山趾"。唯有默默中那份无言才是他的心，他又有什么资本去抗衡、争取呢？自我的生命尚且不能保全，更何况是妻子儿女呢？人生也不过如此罢了，不过像被白霜压抑着的野草，不过像是日暮天空的一抹孤云。

人生的希望在何处？无非是来源于社会、家庭、自我的认知与肯定。但是对阮籍来说，这些肯定都是否定，没有人能够理解他的苦痛，他的面具只能在隐晦的诗歌中才能暂时摘下。《咏怀诗》开篇第一首或许就是他情感的总纲——"夜中不能寐，起坐弹鸣琴。薄帷鉴明月，清风吹我襟。孤鸿号外野，翔鸟鸣北林。徘徊将何见？忧思独伤心"。睡不着，辗转反侧，弹琴奏乐，却又是无人来听，唯有明月、清风、孤鸿、翔鸟陪伴左右。谁懂他？谁帮他排解愁苦？谁能让他看到这个社会的光明？没有人。最后他只能忧思，孤独，伤心。生命的幻灭，时光的易逝成为阮籍吟咏的主要方面，他有时甚至采取强烈的对比来产生一种戏谑性的悲哀感，如"朝为媚少年，夕暮成丑老"，再若"朝阳不再盛，白日忽西幽"。时间的转瞬即逝被他以细腻的笔触恐怖地放大，形成一种强烈的不安感。春生秋死的昆虫成为他寄托情感的载体，孤鸟、浮云、夕阳等成为他反复渲染的对象。他或是感慨"独坐空堂上，谁可与欢者"，或是嗟叹"朝阳忽蹉跎，盛衰在须臾"，或是心酸"颜色改平常，精神自损消"，或是焦虑"终身履薄冰，谁知我心焦"。钟嵘《诗品》这样评价阮籍的诗歌:"言在耳目之内,情寄八荒之表。"他所隐藏的诗情只有经过时间的荡涤才能真正被人读懂。

知识链接

《诗品》:中国第一部诗论专著,共三卷,南朝梁钟嵘撰。后人称之为"百代诗话之祖"、"诗话之伐山",对中国的诗歌理论和诗话著作产生了深远影响。

正始(240—249),是三国时期曹魏君主魏齐王曹芳的第一个年号。

竹林七贤:魏末晋初的七位名士——阮籍、嵇康、山涛、刘伶、阮咸、向秀、王戎。他们崇尚玄学,以老庄思想为精神底色,在生活上不拘礼法,放任自然。

嵇康：坐看云起时的风流

嵇康，字叔夜，亦是正始时期的著名文人，但却选择了与阮籍并不相同的道路。他放浪形骸、风流自得，主张"越名教而任自然"，崇尚老庄哲学，颇通音律。《世说新语》写嵇康"嵇叔夜之为人也，岩岩若孤松之独立；其醉也，傀俄若玉山之将崩"。嵇康的诗文创作以四言诗成就最高，他的诗歌颇有一股清俊脱俗之气，不加藻饰却又颇具文气：

良马既闲，丽服有晖。左揽繁弱，右接忘归。

风驰电逝，蹑景追飞。凌厉中原，顾盼生姿。

这首《赠秀才入军》虽说是嵇康想象的其兄嵇喜的军中生活，但却颇有其自身风采。灵动鲜活的文字下面涌动的是一颗不羁的心，若山涧清泉，从石上飞流而下。嵇康渴望的生活是"采薇山阿，散发岩岫。永啸长吟，颐性养寿"的名士生活，他诗歌中的那份飘逸被后世所仰望。如他"谁谓河广，一苇航之"的自在，再若"仰落惊鸿，俯引渊鱼"的清闲，或是"弹琴咏诗，聊以忘忧"的高雅，都令人读之忘俗，心生思慕。如果说用诗歌为嵇康作一个注解，那么他的生活方式一定是"目送归鸿,手挥五弦"式的高雅洒脱。木秀于林,风必摧之。对于嵇康来说,这种生活方式就是对统治者最好的蔑视与挑战,他将对黑暗现实的不满以一种艺术的方式表达出来,而他的结局也终将是艺术地死亡。曹魏重臣钟会拜访嵇康,他一片痴心换来的却只是嵇康的无视,一句"闻所闻而来,见所见而去"已暗藏着杀身之祸。为了避免和司马氏结亲,他大醉六十多日。这些看似不羁的背后其实是对内心苦闷压抑的畸形释放。一曲《广陵散》后,世间再无嵇叔夜。

知识链接:

《世说新语》:南朝宋刘义庆召集当时文人共同编撰的笔记小说。依内容分为"德行"、"言语"、"政事"、"文学"、"方正"、"雅量"、"识鉴"等等,共三十六类。全书共一千多则,每则文字长短不一,有的数行,有的三言两语。此书是了解魏晋士人为人处事和精神风貌的一面镜子。

《广陵散》琴谱

五、采菊东篱：陶渊明的诗歌哲学

陶渊明，字元亮，又名潜，号五柳先生，浔阳柴桑人，生活于晋宋易代之际。那个年代有一条重要的社会法则——门阀制度，门第高的世家子弟可以平步青云，安享富贵，寒门士子则沉沦下僚，碌碌终日。陶渊明的家族曾经显赫一时，其曾祖父陶侃担任过大司马一职，但是到了陶渊明父亲这一辈，便家道中落。父亲早逝使陶渊明幼年失怙，他过早地品尝到了贫穷的滋味。少年陶渊明已经显示出了对于自然天生的眷恋，一句"少无适俗韵，性本爱丘山"道出了他一生命运的走向。二十八岁前，陶渊明一直过着"少年罕人事，游好在六经"的日子，但是生活的贫困与心中那份少年志向使他走向了仕途。我们不知道陶渊明的宦海生涯经历了什么，但是从他的诗句中我们可以读出他在仕途奔波中的无奈与矛盾。他在出任镇军将军刘裕的参军途中,写道:"目倦川涂异,心念山泽居。望云惭高鸟,临水愧游鱼。"心灵上的疲惫使他怀念恬静自在的田园生活,他想要归去却仍有红尘俗世羁绊。即使是淡泊如陶渊明,亦有"丈夫志四海,我愿不知老"的雄心,只是那个社会终于令他失望了。公元405年,陶渊明任彭泽县令。当一介督邮要求他束带参见时,陶渊明只叹息地说了一句:"我不能为五斗米向乡里小人折腰!"之后便挂印辞归。那一年,他四十一岁。

知识链接

大司马:古代官名。《周礼·夏官》:"大司马,掌邦政。"魏晋时为上公之一,位在三公之上,为第一品。大司马是中国古代对中央政府中专司武职的最高长官的称呼,类似于后世的"天下兵马大元帅",现代的"武装部队总司令"。

安贫乐道：陶渊明对自然的追寻

陶渊明开始了隐居乡下躬耕南亩的生活，在《归园田居》的组诗中，他这样描述自己的生活：

> 少无适俗韵，性本爱丘山。误落尘网中，一去三十年。羁鸟恋旧林，池鱼思故渊。开荒南野际，守拙归园田。方宅十余亩，草屋八九间。榆柳荫后檐，桃李罗堂前。暧暧远人村，依依墟里烟。狗吠深巷中，鸡鸣桑树颠。户庭无尘杂，虚室有余闲。久在樊笼里，复得返自然。

十几年的宦海生涯，他不过是匆匆带过，尘世对他来说不过是充满欲望与绝望的大网，不如归去。陶渊明怀着一颗激动而质朴的心去描述新的生活，这里一切都那么简单自然，这或许就是他记忆中久违的味道。他的语言充满了天真与温馨，草屋点缀着娇艳桃李，炊烟袅袅伴着人间烟火的气息，一声狗吠和着声声鸡鸣，这或许是那个年代最常见的乡村之景。但是，陶渊明却能够将生活艺术化，同时又将艺术生活化。元好问曾评价陶诗："一语天然万古新，豪华落尽见真淳。"陶渊明能从千百年来司空见惯的事物中品出诗意，说明他的隐居并不像魏晋名士那样超越日常生活的放浪形骸，而是在中国延续千百年的农耕文化传统背后去践行"道"的含义。

这必然是一条艰难的道路，陶渊明所经历的是一场心灵与肉体的双重考验。一位不惑之年的文人肩上担起躬耕的重担，那些曾经因为距离而产生艺术感的田园生活，这时都变成了迫在眉睫的果腹之路。陶渊明给出了自己的答案——艰苦，但却无悔。在《归园田居》其三中他写道：

种豆南山下，草盛豆苗稀。

晨兴理荒秽，带月荷锄归。

道狭草木长，夕露沾我衣。

衣沾不足惜，但使愿无违。

陶渊明是一个很会幽默的人，一句"种豆南山下，草盛豆苗稀"可以看作他对自己善意的自嘲，我们甚至可以想象到他看着羸弱的豆苗时无可奈何的笑容。但是这位老先生并没有埋天怨地，他早早地就带着工具到了田地，直到月亮升起才回去，夜晚的凉露打湿了他的衣衫，可是人家依然笑呵呵地来了一句"但使愿无违"。陶渊明的愿望是什么呢？显然不是那几亩豆苗的收成。他的愿望是一种安贫乐道、无违内心的生活方式，在这里他不用再面对官场的黑暗与阿谀奉承，不用再直面那个无力去扭转的混乱尘世。虽然"四体诚乃疲",但是却有"斗酒散襟颜"的畅快,有"山涧清且浅,可以濯吾足"的自在,有"今我不为乐,知有来岁不"的随和,有"衣食当须纪,力耕不吾欺"的满足。

元代钱选《扶醉图》

陶渊明的诗歌往往从一个看似平常的事物出发,最终达到一种哲理的升华,一首《饮酒》成为他淡泊致远的最好写照:

> 结庐在人境,而无车马喧。
> 问君何能尔,心远地自偏。
> 采菊东篱下,悠然见南山。
> 山气日夕佳,飞鸟相与还。
> 此中有真意,欲辨已忘言。

开篇两句似乎平淡无奇,但是却交代了陶渊明隐逸之道。他"结庐在人境",亲自耕作劳动,但是又能保持内心的宁静。可以说,陶渊明为在逆境中的中国文人提供了一个舒缓心灵的范本,使他们不必像神仙一般超脱离世,也不必羁绊内心,强颜欢笑。陶渊明之所以能够做到如此,不在于他隐居的生活方式,而在于他内心的安贫乐道。采菊东篱下,悠悠然看到南方的群山,似乎菊、人、山慢慢变淡,融在了一幅水墨画中。这是一种悟道,其中的美感与心灵的驰骋是不落言筌的,只有心灵与自然达到了完美的契合,才能用朴素的语言道出这玄妙之理。

纵浪大化：平静背后的波澜

人，都是立体的，即使看透人生如陶渊明，亦有辗转反侧的时候。生活的艰辛他尝过了，最不济的时候他也乞讨过——"饥来驱我去，不知竟何之。行行至斯里，叩门拙言辞。主人解余意，遗赠岂虚来"。但这或许还不是最糟糕的，陶渊明的心中也会偶有不忿之情，他通过对历史人物的吟咏，通过他的《杂诗》直白地说了出来。或许这样他才不是一位圣人，但是却更令凡人敬仰。他的一句"气变悟时易，不眠知夕永"肯定令无数失眠患者感同身受。可是他为何夜不能寐？原来是"岁月掷人去，有志不获骋。念此怀悲凄，终晓不能静"。对于陶渊明来说何种人生才算是圆满，他并不反对物质上的追求，就像他在归隐之后的诗中所说："人生归有道，衣食固其端。"（《庚戌岁九月中于西田获早稻》）但是，他并没有将物质作为人生的终极目标，太多的物质享受反而会成为一种阻碍，只要能够满足衣食的基本要求就可以——"营己良有极，过足非所钦"（《和郭主簿二首》）。比单纯的物质享受更高一个层级的是对于功名的追求与人生价值的实现，这是自我意识的觉醒过程，是精神追求的较高阶段。物欲的享受必然会随着肉体的消亡而泯灭，只有通过在有限的人生历程中去建功立业，才能够名垂青史，达到生命价值的变相永存。陶渊明在为仕的过程中有过对功名的追求，有过强烈的建功立业的愿望，这或许是隐藏在他家族血液中的固有因子。那么，在这之上他是否还有更高的追求呢？陶渊明用自己的一生来回答这个问题。这种最高形式的精神存在从"为人"转化为"为己"，从"用心于世"转化为"委运任化"，摒除外在的种种羁绊，真正达到在理性精神引导下的自在人生。

陶渊明有他的志向，他推崇的是荆轲这样的义士，赞扬的是精卫、刑天这样不屈不挠的反抗者，但是在现实中他找不到实现志向的立足点，他不得不将无法完成自我价值的那份无力感通过诗歌去表达。而且他也只能通过诗去表达了，谁又会真正去在乎一个过着"傲然自足，抱朴含真"日子的乡野老人呢？他只能"纵浪大化中，不喜亦不惧"，用宁静来摆脱壮志未酬的痛苦。这或许是陶渊明无言的焦虑吧。宋文帝元嘉四年（427），陶渊明去世。他死前写下了最后一句话——"人生实难，死如之何？呜呼哀哉！"

六,声色大开:涓涓细流汇诗海

南北朝是中国诗歌发展的关键时期,在这一时期,诗人们对诗歌进行了大量的创新,为唐诗的繁荣奠定了基础。山水诗的兴起就在这个时代。山水诗的产生有着得天独厚的因素。首先,中国诗歌自《诗经》起就开始关注外部自然环境。其次,魏晋时期玄学的兴起,使得借山水言玄成为风尚。再者,刘宋定都建康,江南士族有更多的机会徜徉在山水之间,山水成为他们日常的审美写照。在山水诗歌的创作上,首屈一指的大家要数诗人谢灵运及谢朓。

清婉明丽：山水诗的开创与发展

谢灵运出身世家大族，但是在刘裕压抑士族发展的政策下，仕途颇为不顺，于是他将闲暇投入到青山绿水间，将山水从诗歌的点缀上升到主要的描摹对象。谢灵运的笔触细腻，在他之前诗歌仿佛是以悟为主的写意画，而他的诗歌则像是精于描摹的工笔画，语言的那份模糊感被减弱，但是画面感与立体感在增强。如一首《石壁精舍还湖中作》：

> 昏旦变气候，山水含清晖。清晖能娱人，游子憺忘归。出谷日尚早，入舟阳已微。林壑敛暝色，云霞收夕霏。芰荷迭映蔚，蒲稗相因依。披拂趋南径，愉悦偃东扉。虑澹物自轻，意惬理无违。寄言摄生客，试用此道推。

谢灵运用朝夕的时间段来品景看景，山水间的瞬息变化都被诗人敏感的眼睛捕捉，以至于他流连忘返，伴着朝阳而去，随着夕阳而归，看着时间的调色盘为万物洒下层层光辉。谢灵运的诗歌颇为注重写实性与细节的描摹，他写树林，就写山林在晚霞映照下的色彩；他写荷

谢灵运像

花,就写它与菱叶在微风中交相呼应。不像陶渊明的诗歌意象,陶诗往往并不描绘景物具体的形象,而将一种超越客观的人格赋予意象之上,使得青山、归鸟、池鱼、篱菊带有生命的余韵。谢灵运的诗歌追求一种天然,这种天然是经过细致打磨的天然,他所追求的不再是一份深林晨钟似的古朴,而是以新以俊取胜的完美雕琢。如他的"林壑敛暝色,云霞收夕霏"写日暮山林间明暗的变化,如"池塘生春草,园柳变鸣禽"写久病之后万木逢春的希冀之景,如"密林含余清,远峰隐半规"将远近之景疏密有序地排列对比。谢灵运的山水诗将景物以工笔画的方式记录下来,达到极致描摹景物、语出求新的目的。当然,谢灵运的山水诗还存在很多不完善的地方,比方在诗歌的结尾他总会抒发玄远之感,在山水的背后拖着一条玄言的小尾巴。同时,他的诗歌过于强调对山水景物的描写,情感的笔触并不深入。

真正做到诗歌情景交融的是谢朓。谢朓,字玄晖,李白的"中间小谢又清发"中的"小谢"指的就是他。他在继承谢灵运山水诗歌的基础上,将个体内心的感情融入其中,从而使山水诗有了自己的灵魂。他的代表作是《晚登三山还望京邑》:

> 灞涘望长安,河阳视京县。白日丽飞甍,参差皆可见。余霞散成绮,澄江静如练。喧鸟覆春洲,杂英满芳甸。去矣方滞淫,怀哉罢欢宴。佳期怅何许,泪下如流霰。有情知望乡,谁能鬒不变?

如果单看"余霞散成绮,澄江静如练。喧鸟覆春洲,杂英满芳甸"四句,完全继承了谢灵运的清丽,甚至还要多一些灵动清新。但是,他将这份美好的春日之景升华了,他静静地望着悠悠晚霞,看着宁静温柔的一江春水,听着喧嚣鸟鸣,他想到了故园,想到了岁月匆匆,望不尽的故乡路，乡音未改，但是谁又能鬓发如昔呢？情景之间有如酒水的调和，使景不那么突兀，情不那么浓郁。谢朓颇具遣词造句的能力，他时而沉郁"大江流日夜，客心悲未央"，时而清冽"余雪映青山，寒雾开白日"，时而萧索"朔风吹飞雨，萧条江上来"，时而明丽"鱼戏新荷动，鸟散余花落"。他的景中含情的诗歌创作为后世唐诗的兴起奠定了基础。大诗人李白也在《金陵城西楼月下吟》中感叹："解道澄江净如练，令人长忆谢玄晖。"

知识链接：

谢灵运（385—433），东晋陈郡阳夏（今河南太康）人，出生在会稽始宁（今浙江上虞），原为陈郡谢氏士族。东晋名将谢玄之孙，其母刘氏为王羲之外孙女。谢灵运是山水诗派创始人，也是第一个大量创作山水诗的诗人。

谢朓（464—499），字玄晖，陈郡阳夏（今河南太康县）人。南朝齐时著名的山水诗人，出身世家大族。谢朓与谢灵运同族，世称"小谢"，为"竟陵八友"之一。后官宣城太守，终尚书吏部郎，又称谢宣城、谢吏部。

四声铿锵：诗歌声韵的发现

中国诗歌的一个重要因素是声韵的运用。中国诗歌发展到成熟阶段讲究合韵，讲究平仄的搭配，并形成了一套严密的理论。在早期的诗歌创作中，有时诗人会有意无意地将声韵运用到创作中，但是明确地在诗歌中使用规定的声韵要从南朝齐永明时期开始。中国文字并不是注音文字，但是遇到不会读的字怎么办呢？汉代出现了反切注音法，所谓反切就是用一个反切上字和一个反切下字，取反切上字的声母和反切下字的韵母和音调共同拼读。这种近似拟音的方法为中国音韵学的发展作出了巨大的贡献。南朝齐文学家沈约编纂的《四声谱》，为诗歌的声韵使用定下规则，使诗歌长短错落，铿锵有序。沈约将五言诗歌中常见的几种不合声律的现象称之为"八病"，其中以平头、上尾、蜂腰、鹤膝为主要的错误。平头就是指五言诗第一字、第二字与第六字、第七字同声，上尾指第五字与第十字同声，蜂腰指第二字与第五字同声，鹤膝指第五字与第十五字同声。诗人们按照一定的声韵搭配进行创作，使诗歌音节婉转优美，这种按照一定音律规则创作的诗歌被称为"永明体"。沈约和谢朓就是永明体的代表作家。当然,并不是说他们的每一首诗歌都严格合乎声律规则,而是指他们开始有意识地运用声律规则进行创作。

南朝时期,诗歌的发展曾经一度走到一条窄路上,这条路就是"宫体诗"。宫体诗,顾名思义是起源于宫廷的一种诗歌风格,它的主要关照对象是宫廷生活与欢宴的景象,诗人们往往将视角集中在精美的陈设与女性个体上。宫体诗注重声韵的精准,常使用繁缛华丽的词句,却很少有真挚的感情流露。如在对于女性的态度上,宫体诗仅仅将女性物化,当成一种可供把玩的对象,这就与中国诗歌注重感情表达的传统相悖。宫体诗最终走向了轻浮绮靡的极端,在纸醉金迷中,诗歌的进一步创新显得尤为迫切。这种创新是由南北诗风的共同融合产生的。北方诗歌的质朴豪放与南方诗歌的绮靡婉转相互作用,而混乱的政治环境也为一代诗人提供了创作环境。其中的代表人物就是庾信。

庾信,字子山,他的前后半生有着截然不同的命运。他的前半生是在南朝梁度过的。出身优越的他常出入宫廷,参加上层社会奢华侈靡的唱和宴会。因此,庾信前期的诗歌往往是娱乐性质的,他所创作的诗歌体裁无非是花前月下、美酒佳人、轻歌曼舞、觥筹交错。虽然内容较为单薄，却使他熟练掌握了诗歌声律的运用，用词摇曳生姿。公元555年，庾信已过而立之年，他以使臣的身份出使西魏，但是他在西魏得到的却是国破家亡的消息，从此乡音入梦来。魂牵故国的家国之思提炼着诗歌的情感，客居敌国的不平之情浓缩着语言的力道。"正是古来歌舞处，今日看时无地行"的物是人非感使庾信的诗歌开始真正关注人生的真实情感。如一首《寄王琳》："玉关道路远，金陵信使疏。独下千行泪，开君万里书。"用词自然简洁，却在短短二十字内将故国萧索、家园千里的悲凉，鸿雁难越、亲书不传的哀愁表达得淋漓尽致。千行泪与万里书，在四十岁前的庾信看来是不能想象的，但是时至今日却成了无法褪去的印记。他的关注点转向了故国的日常事物，他忘不了的是"还思建业水，终忆武昌鱼"，他忘不了的是"犹言吟暝浦，应有落帆还"。故乡的鱼，故乡的船，故乡的槟榔，故乡的绿槐，都成为庾信后半生挥之不去的思念与苦痛。正如杜甫在《戏为六绝句》中评价庾信的那样——"庾信文章老更成，凌云健笔意纵横"。人，往往在经历了生命的苦难后才能酿出最纯粹的诗歌的美酒。

知识链接：

永明是南朝齐武帝的年号。"永明体"亦称"新体诗"，这种诗体要求严格按照"四声八病"之说创作，强调声韵格律，这对"近体诗"的形成产生了重大影响。沈约、谢朓则为永明体的主要倡导者与先驱者。

庾信（513—581），字子山，北周时期人。他自幼随父亲庾肩吾出入于萧纲的宫廷，为宫体文学的代表作家。侯景叛乱时，庾信逃往江陵，辅佐梁元帝，后奉命出使西魏。在此期间，梁为西魏所灭，庾信被迫羁留敌国，写出了无数思念故国的呜咽之声。

七，繁音渐响：初唐诗歌的发展

公元618年，关陇贵族李渊称帝长安，定国号唐。历史厚重的大门缓缓打开，中国迎来了最辉煌的盛世，诗歌迎来了百花盛开的黄金时代，各路诗人济济一堂，华美词章此起彼伏。唐诗的繁荣孕育在初唐时期。提到初唐诗歌，就不能不提"初唐四杰"。

骨气刚健:"初唐四杰"的诗歌创作

唐高宗到武后时期有四位诗人——王勃、杨炯、卢照邻、骆宾王,他们被称为"初唐四杰"。一个新的帝国的建立,一代人的英姿勃发,唐朝施行的科举制度使寒门士子可以通过自身的才学进仕。一批有抱负有理想的士人开始踏上追逐功名的道路,但是人生不畅不平不快之事十有八九,心比天高才高八斗,却屈居人下动辄受束,"初唐四杰"就是他们的代表。四位诗人的人生经历并不完全相同,但是他们的诗歌中却都透露出同样的铿锵之声。个人情感的积郁与抒发,伴以清朗有力的词句,混杂着壮志未酬的愤懑,如一壶浊酒,入口香醇,后味老辣。王勃与杨炯长于五律,王勃《滕王阁序》中那"落霞与孤鹜齐飞,秋水共长天一色"惊艳了人间。但是,他最著名的一首诗或许是《送杜少府之任蜀川》:

城阙辅三秦,风烟望五津。
与君离别意,同是宦游人。
海内存知己,天涯若比邻。

无为在歧路，儿女共沾巾。

这首诗是男人间送别的调子，动情但不悲情，伤感却不伤心。一句"同是宦游人"在平平常常之间，却有着四海漂泊的无奈与沧桑。宦海沉浮，位若草芥，但是好男儿志在四方。王勃落笔写下了那流传千古的送别名句——"海内存知己，天涯若比邻"，这就是唐人的自信。无论在如何艰苦的环境中，他们都没有走向绝望，一种昂扬的情感横亘在整个离愁别绪中，昂扬的抱负与激昂的情感澎湃在诗篇中。

江南三大名楼之首——滕王阁（位于江西省南昌市西北部）

　　"初唐四杰"开始将目光转向了祖国的大好河山，转向了孤寒塞外，诗歌的格调一下子开阔了，如涓涓溪流汇成了一条壮阔的长河。唐朝出现了一批边塞诗人，这与国家的政治军事政策有着密切的关系。唐朝除了科举取士之外，另一种晋升的方式是通过到边塞漫游，入幕求仕。一批勇敢无畏的诗人走向了那遥远的地方，他们看到了雄奇壮绝之景，他们感受着荒凉苦寒之境。虽然杨炯并没有真正到过边塞，但是他却写出了《从军行》这样的慷慨文字：

烽火照西京，心中自不平。

牙璋辞凤阙，铁骑绕龙城。

雪暗凋旗画，风多杂鼓声。

宁为百夫长，胜作一书生。

他如身临其境一般描绘着边塞的情景。杨炯在烽火连天起的危急关头，却能够细致地观察到旗子色调的明暗，听到擂擂战鼓掩藏下的风声，于细微处增加那份紧张感，从毫末中表现那份张力。最后一句"宁为百夫长，胜作一书生"，说得是何等铿锵有力，情、志、怨三种情感伴随着书生意气倾泻而下。

王勃与杨炯的五律诗已经开启了盛唐气象，如王勃的"江皋木叶下，应想故城秋"颇有杜甫的"无边落木萧萧下"、"万里悲秋常作客"的意味，杨炯的"丈夫皆有志，会见立功勋"又有高适等边塞诗人的雄壮。他们已经能够将情感蕴含在意象中，使情感和语言糅合成一个整体，如王勃的《山中》："长江悲已滞，万里念将归。况属高风晚，山山黄叶飞。"一笔写下，饱含情意却不过分浓腻，停笔之后，却又让情思缠绵。

骆宾王与卢照邻较为擅长的是歌行体，为唐诗七言诗歌的发展奠定了基础。说起骆宾王，大家耳熟能详的要数他七岁时创作的《咏鹅》了。那简洁明快的"白毛浮绿水，红掌拨清波"伴随着孩子们稚嫩的声音流传了千百年。而他在诗歌史上同样浓墨重彩的一笔要数歌行体诗歌《帝京篇》。歌行体诗歌对格律要求不严格，行文洋洋洒洒，颇有一番潇洒激昂的气势。骆宾王就在这长短句间写下了长安的繁华——"山河千里国，城阙九重门。不睹皇居壮，安知天子尊……秦塞重关一百二，汉家离宫三十六。桂殿嶔岑对玉楼，椒房窈窕连金屋。三条九陌丽城隈，万户千门平旦开"。但是，他的目的就是为了写长安这巍峨古都的睥睨天下吗？如果是这样，他不过是完成了一首颇有气势的宫体诗而已。在繁华的外表下骆宾王看到了时间的变换，看到了荣华富贵如过眼烟云倏忽而逝，看到了功名利禄似柳絮蒲苇转眼飘散。"古来荣利若浮云，人生倚伏信难分"，"朱门无复张公子，灞亭谁畏李将军"，"桂枝芳气已销亡，柏梁高宴今何在"。骆宾王看到了世事无常，而他自己的人生在他看来也像是一个苦涩的玩笑——"三冬自矜诚足用，十年不调几遭回。汲黯薪逾积，孙弘阁未开。谁惜长沙傅，独负洛阳才"。他借张释之十年为骑郎之事暗喻自己十年没有升迁，他用汲黯直谏遭恨、贾谊才高被贬，写自己满腹才干却无法施展的苦闷。这种情绪同样也弥漫在卢照邻的诗歌里。他在《长安古意》中感慨"人生贵贱无始终，倏忽须臾难久持"，将人生在世的不如意酣畅淋漓地传达出来。

知识链接：

歌行体是我国古代诗歌的一种体裁，是初唐时期在汉魏六朝乐府诗的基础上建立起来的。篇幅可短可长，多为七言。声律、韵脚比较自由，平仄不拘，可以换韵。歌行体保留着古乐府叙事的特点，把记人物、记言谈、发议论、抒感慨融为一体。

滕王阁是南方唯一的皇家建筑，始建于唐朝永徽四年，位于江西省南昌市西北部沿江路赣江东岸，因唐太宗李世民之弟——滕王李元婴始建而得名。它与湖北武汉黄鹤楼、湖南岳阳楼并称为"江南三大名楼"。因初唐诗人王勃诗句"落霞与孤鹜齐飞，秋水共长天一色"而流芳后世。

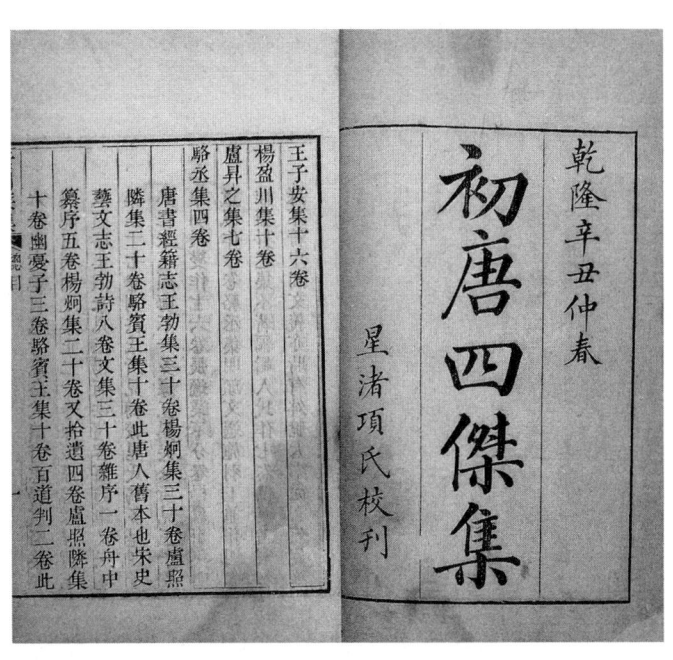

乾隆年间刻本《初唐四杰集》

兴象玲珑：春江潮水连海平

如果说谁以一首诗就奠定了他在诗歌史的地位，那么这个人一定是张若虚，那么这首诗一定是《春江花月夜》。一首《春江花月夜》，盛唐诗歌从此肇始。情与景，诗与人，人生与宇宙幻化成为了一个整体。放一曲古筝，听听这首宁静的诗篇：

春江潮水连海平，海上明月共潮生。滟滟随波千万里，何处春江无月明！

江流宛转绕芳甸，月照花林皆似霰。空里流霜不觉飞，汀上白沙看不见。

江天一色无纤尘，皎皎空中孤月轮。江畔何人初见月？江月何年初照人？

人生代代无穷已，江月年年只相似。不知江月待何人，但见长江送流水。

白云一片去悠悠，青枫浦上不胜愁。谁家今夜扁舟子？何处相思明月楼？

可怜楼上月徘徊，应照离人妆镜台。玉户帘中卷不去，捣衣砧上拂还来。

此时相望不相闻，愿逐月华流照君。鸿雁长飞光不度，鱼龙潜跃水成文。

　　昨夜闲潭梦落花，可怜春半不还家。江水流春去欲尽，江潭落月复西斜。

　　斜月沉沉藏海雾，碣石潇湘无限路。不知乘月几人归，落月摇情满江树。

诗歌开篇就是大手笔，"春江潮水连海平，海上明月共潮生"，简单的一句话就写出了疏朗开阔的景象。一波又一波的潮水缓缓拍打着江岸，一轮皓月在水波的荡漾下升起，月光洒满江面，整个世界似乎都笼罩在灵动之中。烟波浩渺中江水穿过繁花芳树，水天一色，没有一丝尘埃，那份静谧容纳了天地万物，给人以心灵的荡涤。

　　在这似水流年的美景中，诗人的心弦被拨动，他开始思考关于生命的短暂与时光永恒的命题。"江畔何人初见月？江月何年初照人？人生代代无穷已，江月年年只相似。不知江月待何人，但见长江送流水。"他的思绪通过时光隧道回到了原始时代，是谁第一次抬头望向那静谧的江月呢？又是何夕何时月光第一次笼罩着人的脸庞呢？可是生命在不断地轮转，当年的他早已化为尘土，只留下这一江月静静无言。这似乎是一个无解的问题，怎奈光阴似流水，但见江水不复归。作者转而叙述人世间游子思妇的思情。他的诗句颇有《西洲曲》的清丽婉转，但是又将民歌的那份情感与语言进一步提炼，如桂花酒，收敛了桂子的香气，酿出了醉人的诗情。全诗以"不知乘月几人归，落月摇情满江树"收尾，说不尽的留恋妩媚，说不尽的胸中意气。这就是唐诗的兴象，景物不仅仅是景物，在对景物的描写中还包含了欲说还休的情旨，是"象外之象"，是"韵外之味"，是情感的超越与升华。而盛唐诗歌即将在一片兴象玲珑中缓缓走来。

知识链接：

"兴象"为唐人殷璠所提出，强调艺术形象应具有"兴"的托物言志的作用，指诗人的情感、精神对物象的统摄，使之和诗人心灵的颤动融为一体，从而获得生命，具有个性和活力。从形象生成的角度看，兴象指的是诗歌构建的形象能够引发的超出形象本身的更为深远的韵味。

八、诗意禅境：王维的山水诗歌

王维，字摩诘，盛唐诗歌史上颇具盛名的山水诗人，被称之为"诗佛"。诗与禅，自然风光与内心修为结合在一起，会碰撞出怎样的效果？王维用他的诗篇回答了我们。王维早年对于功名亦是渴望，他做着那个年代人们共有的建功沙场、名扬万世的梦。他曾经赴河西节度使幕中任职，在蓬勃壮丽的塞外写下遒劲有力的诗篇。《使至塞上》就是王维早期的名作：

> 单车欲问边，属国过居延。
> 征蓬出汉塞，归雁入胡天。
> 大漠孤烟直，长河落日圆。
> 萧关逢候骑，都护在燕然。

少年英雄眼中苍凉的沙漠是如此雄浑壮阔，大漠孤烟，长河落日，将空间的深度与广度拉扯开来，将稀疏平常的景象写出气魄来。真正好的文字是有穿透力的，王维通过自己的笔，记录了千百年来少有人领略的自然的惊心动魄，而那一点胭脂般的红日也伴随着笔墨之间的诗情耀眼了千年。边塞生活一定在王维的心中打下了深深的烙印，如此这般他才能写下"关山正飞雪，烽戍断无烟"的战地雪景，才能写出"陇头明月迥临关，陇上行人夜吹笛。关西老将不胜愁，驻马听之双泪流"的将士心声，才能有"暮云空碛时驱马，秋日平原好射雕"的风流豪气，才能饱含着深情写下"劝君更尽一杯酒，西出阳关无故人"的送别佳句。

真正成就王维的还是他的山水诗。王维是一个艺术全才，音乐、绘画、诗歌、禅宗共同构成了他的艺术维度，使他的诗歌充满着音乐的灵动、绘画的留白和禅意的静谧。如一首《鹿柴》：

> 空山不见人，但闻人语响。返景入深林，复照青苔上。

不见人但却又能听到人的声响，似乎是喧闹，实则是安静，但是这份安静并不是枯冷得了无生机，它还有一份人间烟火味。诗人和自然达到了和谐，唯有这样的一双眼睛，才能察觉到夕阳的余晖为林中青苔抹上一丝金色。正如《竹里馆》"独坐幽篁里，弹琴复长啸。深林

唐王维《江干雪霁图》

人不知，明月来相照"所描绘的意境一样，红尘的繁杂扰动不了诗人的心境，因为他以琴为友，以明月为知己，弹琴长啸，收放自如。也许有人会问，这样的人生寂寞吗？清冷吗？王维的回答是否定的。他的诗歌并没有那份郁郁不得志的愤懑，也没有如枯木一般的自暴自弃。别人眼中的寂寞，在王维看来是一份悠闲自在，是在自我精神田地的耕耘。王维的生活方式是诗意的，他会告诉你"行到水穷处，坐看云起时。偶然值林叟，谈笑无还期"，他会告诉你"松风吹解带，山月照弹琴。君问穷通理，渔歌入浦深"。有时候，他的句子是那么深入人心，如那首"红豆生南国，春来发几枝。愿君多采撷，此物最相思"的短句，伴着古朴的筘板，曾经使唐玄宗听得潸然泪下。一把相思豆，在王维的心中熬成了入骨的情义，令人缠绵，令人痴狂。

王维在他的诗歌中构建了一个"无我"的禅意世界，在这里万物都有着自我的生命意识与轨迹，心静如空的精神，超乎外物的理念，摆脱尘世的空灵，都在他的诗歌中有所体现。如《辛夷坞》："木末芙蓉花，山中发红萼。涧户寂无人，纷纷开且落。"诗人将芙蓉花作为一个主体，它自在开落，这是生命最初的状态，没有哀怨与惆怅。在王维的诗意世界中，常常会出现动与静的交融，时间以凝固定格的姿态滑过，一花一世界，一叶一菩提。如《鸟鸣涧》：

> 人闲桂花落，夜静春山空。月出惊山鸟，时鸣春涧中。

自然界中微小的律动都被王维捕捉，他能够闻到桂花飘落时在空气中留下的残香，夜深人静的时候，一轮圆月惊起的飞鸟，不时在滴落的涧水旁鸣叫。本是有声，但却更显出一派宁静，这细小的声音衬托着宏大的世界，发出悠然的回响。"雨中山果落，灯下草虫鸣"，只有达到了静心与无我之境界才能品味世间的毫末，体察万物的须臾。悄然掉落的山果，吱吱作响的草虫，都饱含着一份悠长的音乐的美感。同时作为画家，王维诗歌中的色彩也很富有层次感，"白云回望合，青霭入看无"的淡雅，"日落江湖白，潮来天地青"的苍茫，"白水明田外，碧峰出山后"的明丽，"绿艳闲且静，红衣浅复深"的绚烂，各种色彩混合使诗歌增色不少。也无怪苏轼评价王维时会说："味摩诘之诗，诗中有画；观摩诘之画，画中有诗。"

知识链接：

王维精通佛学，受禅宗影响很大。佛教有一部《维摩诘经》，是王维名和字的由来。《旧唐书·王维传》记载:"维弟兄俱奉佛,居常蔬食,不茹荤血,晚年长斋,不衣文彩。得宋之问蓝田别墅,在辋口;辋水周于舍下,别涨竹洲花坞,与道友裴迪浮舟往来,弹琴赋诗,啸咏终日。"

九，诗酒谪仙：李白的俊逸与潇洒

有这样一位诗人，他在笔墨之间描绘出一个盛唐；有这样一位诗人，他与风为友，与月为朋，指斥人生，一杯浊酒一生梦；有这样一位诗人，他骄傲昂扬，不媚权贵，一句"仰天大笑出门去"成为他生命的写照；有这样一位诗人，他上接屈子，幻化多姿，下启盛唐，潇洒飘逸，之生之死都是一首动人的诗篇。前不见古人，后不见来者，如耀星在空，日月同辉，他就是李白。李白，他的伟大之处远远超越了诗歌本身所承载的意义，他的诗正是中国几千年来诗歌的细流所汇聚出的一条瀑布，一泻而下，磅礴万里。在李白的诗歌中，个人的诗情与时代的律动都达到了登峰造极，他是何其幸运生在盛唐这个辉煌的年代，而盛唐又是何其幸运拥有这样一位"醉中诗仙"。

李白

自在风流：李白生前身后事

李白，字太白，号青莲居士。他的出生带有神秘与浪漫的气氛，他的家庭祖上及出生之地至今还是个谜。他并不生长于中原，而是在碎叶度过他的童年时代。五岁时随家人迁往蜀地。千里迁居的原因已经消逝在历史的长河中，但是西域的异域风情、壮美风光，蜀地的险峻山水、风土人情都给予了李白深刻的影响。同时，李白也从丰富的古代典籍中汲取知识的养分，以至于他"五岁诵六甲，十岁观百家"。蜀地道教的发展同样在李白的生命里刻下深深的烙印。他居住于道教圣地紫云山附近，十几岁的李白就曾游历名山，隐居山林，而道教的清虚潇洒也为他所继承。不过，他并没有沉湎于道教的无为避世中，他于文治武功上颇有谋划，自称要"申管晏之谈，谋帝王之术，奋其智能，愿为辅弼，使寰区大定，海县清一"。侠气是李白的又一代名词，少年轻狂的他曾"十五好剑术，遍干诸侯"。红尘中多少往事，不过是轻狂少年对英雄梦的追逐。

二十四岁时，李白仗剑天涯，东游四海，过洞庭，经庐山，赏金陵，游扬州，至襄阳，在湖北安陆定居，娶妻生子。但是，像李白这样的人怎么会安于平淡的家庭生活呢？他自负才高，一字太白，自诩太白金星下凡，贺知章称之"谪仙人"，他是不会安安心心地埋首故纸堆白首求功名的。他幻想着君王一见而恩遇，从此青云直上，立抵卿相，干出一番轰轰烈烈的大事业，在功成名就之后隐居山林，相忘于江湖。在经历了十几年的隐居生活之后，命运给了李白一个梦寐以求的机会。天宝元年（742），唐玄宗下诏进李白为翰林。似乎一瞬间所有的好运都汇集在李白的身上。但是在荣宠的背后却是看不见的悲哀。在李白的心目中，他要做的是天地之间的大事，是有关江山社稷的伟业。但是，唐玄宗想要的却只是一个倡优文人罢了，只是一个能够供他玩乐、装点现世繁华的诗人。即使在这种情况下，李白依然写下了动人的诗篇，如为杨贵妃所作的《清平调》三首：

云想衣裳花想容，春风拂槛露华浓。若非群玉山头见，会向瑶台月下逢。

一枝红艳露凝香，云雨巫山枉断肠。借问汉宫谁得似，可怜飞燕倚新妆。

名花倾国两相欢，长得君王带笑看。解释春风无限恨，沉香亭北倚阑干。

李白将杨贵妃如花似玉的容颜描摹得灵动万分，从诗中能看见她体态丰满，听见她婉转笑语，嗅见她脂粉飘香。但是，自负且有傲骨的人不可能一辈子都过这样的生活。天宝三年，李白被"赐金放还"，人生梦想化为泡影。从此李白又开始了游历生活，但是他的心情却开始走向了苦闷与自我怀疑。安史之乱祸起，他老当益壮，入永王幕，想征战沙场建功立业，却因为肃宗继位，以反叛罪名下狱，流放夜郎。762年，李白在当涂去世。据说，他于酩酊大醉之时，乘一叶孤舟，入水捞月而永逝湖中。

知识链接

据《松窗杂录》记载："开元中，禁中初重木芍药，即今牡丹也。得四本红、紫、浅红、通白者。上因移植于兴庆池东沉香亭前。会花方繁开，上乘月夜，召太真妃以步辇从。诏特选梨园子弟中尤者，得乐十六色。李龟年以歌擅一时之名，手捧檀板，押众乐前，欲歌之。上曰：'赏名花，对妃子，焉用旧乐词为？'遂命龟年持金花笺宣赐翰林学士李白，进《清平调》词三章。白欣承诏旨，犹苦宿醒未解，因援笔赋之。"

元代钱选《杨贵妃上马图》

行云流水：一泻千里古诗情

李白是一个骨子里浸透着骄傲的人，文如其人，他的诗必然也是自由流动，充满着青春的浪漫与激昂。李白擅长用古体乐府与歌行体进行创作。尽管当时律诗已经成熟，但是对于李白来说，用严格的字句韵律对诗歌进行约束，会使那份不羁潇洒的情感受到束缚。而古体诗与歌行体如行云流水般的体式能够更好地表达李白随意挥洒的诗情。经过李白的创新，旧题之下常抒发内心情感，寓时事之变。李白的诗歌如天际浓云，大气磅礴而瞬息万变，又如浩荡黄河，携卷泥沙而来一泻千里，如行酒令，如狂放歌，读之酣畅淋漓。如一首《行路难》：

金樽清酒斗十千，玉盘珍羞直万钱。停杯投箸不能食，拔剑四顾心茫然。

欲渡黄河冰塞川，将登太行雪满山。闲来垂钓碧溪上，忽复乘舟梦日边。

行路难，行路难，多歧路，今安在？长风破浪会有时，直挂云帆济沧海。

金樽清酒,玉盘珍羞,开篇是一个纸醉金迷的奢华场景。荣华富贵本是人生一大乐事,但是李白却在这觥筹交错中体味到生命的大悲哀。举起的酒杯慢慢放下,拿起的筷子夹不住佳肴,茫然四顾,仿佛回到洪荒年代,不知所措心生茫然,举起宝剑想要斩断愁思,可是愁什么却又是欲说还休。李白用一句"欲渡黄河冰塞川,将登太行雪满山"将自我生命本质的焦虑表现出来。他在人生的两个端点上徘徊,两条交叉的道路延伸向远方。或是放归山林归隐江湖,抑或是像伊尹一般获得君王赏识。可是选择是多么的艰难,现实和理想渐行渐远,以至于诗人发出了"多歧路,今安在"的叹息。如果这首诗到这里戛然而止,那么李白将不复是李白。他笔锋一转,直呼一声"长风破浪会有时,直挂云帆济沧海",一扫前文那份犹豫与颓唐,如玉山之崩,如巨浪之峰。这是一份在困厄中的自信,这是盛唐带给他的气魄,即使在山穷水尽之时,他也能够整顿精神,憧憬生命的曙光。

李白的诗歌读之有酒气,似乎在将醉将醒之间将胸中意气挥洒开来。酒成为李白诗性的催化剂,将喜怒哀乐、古往今来浸泡在一杯浊酒中,化作流淌在笔尖的点点墨痕。一首乐府旧题《将进酒》被李白写出了千滋百味：

> 君不见黄河之水天上来，奔流到海不复回。
>
> 君不见高堂明镜悲白发，朝如青丝暮成雪。
>
> 人生得意须尽欢，莫使金樽空对月。天生我材必有用，千金散尽还复来。
>
> 烹羊宰牛且为乐，会须一饮三百杯。岑夫子，丹丘生，将进酒，杯莫停。
>
> 与君歌一曲，请君为我倾耳听。钟鼓馔玉不足贵，但愿长醉不复醒。
>
> 古来圣贤皆寂寞，惟有饮者留其名。陈王昔时宴平乐，斗酒十千恣欢谑。
>
> 主人何为言少钱，径须沽取对君酌。五花马，千金裘，呼儿将出换美酒，与尔同销万古愁。

如歌的诗篇，两句"君不见"使诗歌于急急缓缓中破势而来。从天而降的滔滔黄河水，融入了大海的怀抱而不复重来，如花少年的缕缕青丝，在不经意间已经两鬓如霜，一朝一夕，一生一死。如何化解这似乎无解的人生命题，李白给出了答案——于生命得意之时尽情享受喜悦，饮美酒，对皓月，要相信"天生我材必有用"，而不必在乎金钱名利等身外之物。如果诗歌在这里停止，李白也将不是李白了，千百年间无数人读出了李白的洒脱不羁,读出了李白的放浪形骸,读出了李白的骄傲自信,可是谁又能读出在这烈火烹油的豪言壮语之后,隐藏着怎样的无奈与痛苦?他只愿长醉不醒,长醉是为了忘记现实中的苦痛与不满。钟鼓馔玉他不在乎,他真正在乎什么是值得玩味的。他不想成为圣贤那般温厚庄严,他要的是以旷世之才,做匡世之事,行狂士之风。但是现实似乎并没有给他匡救天下、指点江山的机会,那么他唯有痛饮三百杯,在醉中麻痹,在醉中忘却。李白在诗中仰慕陈王曹植,赞叹他的纵情欢乐,但是在冥冥之中他似乎以曹植自况,空有一腔才华,却终究郁郁平生。五花马,千金裘,全部拿来换取美酒,因为只有这醇香的液体能让人忘忧。

  李白的歌行体更有一番风味,大胆跳跃的语句看似简单,却又能直指心扉,读到心头升腾起一阵热气。在《宣州谢朓楼饯别校书叔云》中他写道:

  弃我去者,昨日之日不可留;
  乱我心者,今日之日多烦忧。
  长风万里送秋雁,对此可以酣高楼。
  蓬莱文章建安骨,中间小谢又清发。
  俱怀逸兴壮思飞,欲上青天揽明月。
  抽刀断水水更流,举杯销愁愁更愁。

人生在世不称意，明朝散发弄扁舟。

开篇如平地起高山，分外凌厉，如泣如诉，如狂风骤雨般将心中的愤懑倾泻下来。接着李白又完全将那份忧愁抛在脑后，转写秋雁直击长空，酒酣醉卧高楼。又从所在谢朓楼出发，生出一片思古怀古的心思。忽而他又豪兴大起，飘飘欲仙想要揽月升天。可是忽然间似一声惊雷乍起，那挥之不去的愁绪又如幽灵一般呼啸而至，"抽刀断水水更流，举杯销愁愁更愁"，此般无计可施犹如蚁噬。不过李白终究懂得自我开解，管他什么世间功名，行走于人世间必须畅畅快快，以"散发弄扁舟"作为生命的退路与底线。全诗大开大合，诗情几经转折，但是总有一口英气自在其中。

　　李白是中国诗歌史上著名的浪漫诗人，超乎世俗的想象构成了他诗歌世界的重要色彩，他的诗歌长着绚丽的翅膀。漫游天姥山，他一梦生奇，在梦中他看到了："熊咆龙吟殷岩泉，栗深林兮惊层巅。云青青兮欲雨，水澹澹兮生烟。列缺霹雳，丘峦崩摧。洞天石扉，訇然中开。青冥浩荡不见底，日月照耀金银台。霓为衣兮风为马，云之君兮纷纷而来下。虎鼓瑟兮鸾回车，仙之人兮列如麻。"这是一个怎样奇幻的世界，青云弥漫在天空，水波荡漾烟雾缭绕，忽然间霹雳奏响，山峦崩裂，巨石洞开,深洞乍现,一道金光伴着日月的辉煌,霓虹做衣清风为马,云间仙人纷纷而下,恍若天上人间。李白独醉无人相谈,他居然能够以月为友,以影为伴——"举杯邀明月,对影成三人",且歌且舞,月影徘徊,身影迷离,人生如诗也不过如此。

思情韵长:李白的绝句艺术

除了古体诗与歌行体诗歌外,李白还极为擅长写五言、七言绝句。他的绝句并不复杂,较少用典,似信笔写来,却犹如神来之笔,读之如空谷足音,长久萦绕心头。李白二十六岁时在蜀地游历,他寄与友人一篇《峨眉山月歌》:

峨眉山月半轮秋,影入平羌江水流。夜发清溪向三峡,思君不见下渝州。

四句之中,镶嵌着五个地名,而又不刻板呆滞,峨眉山——平羌江——清溪——渝州——三峡,一气呵成,连绵不绝。半轮明月映照着巍峨山峦,一汪江水潺潺而流,夜色朦胧中诗人奔向三峡,带着那份对友人浓浓的思念而驶向渝州。全诗读后犹如欣赏一幅江山万里行游图。李白的伟大在于他既能写出豪放浪漫的大手笔,又能抓住清新飘逸的小情思,于小中见大,有情而不浓烈,有景而不艳俗,收放自如。在《独坐敬亭山》中,李白描绘了一个玲珑静谧的人与自然和谐相处的场景——"众鸟高飞尽,孤云独去闲。相看两不厌,只有敬亭山"。从诗歌的前两句看,山中众鸟高飞,只留下一片孤云来去随意,这看似是分外孤寂的场景,但是李白在这里却拥有了他的精神伴侣——那不言不语的敬亭山。李白用拟人的手法将山写出了人的灵魂,人与山就这样在不经意间相遇了,碰撞了。在这万物喧嚣的世界里,那座矗立了千万年的山峰竟成了诗人无言的知己。人与自然的那份心领神会透过戛然而止的诗句,给人以无限想象的空间,读之口舌生香,心向往之。

敬亭山风景

李白的绝句有时传达一种悠长的感情,他送友人时的那份寂寞惆怅被刻画得十分细致,如《黄鹤楼送孟浩然之广陵》:

故人西辞黄鹤楼,烟花三月下扬州。孤帆远影碧空尽,唯见长江天际流。

本是送别之际,收句却以景为主,未有一句直白地诉说送别之情,却通过水天相接处的一叶孤舟和那滚滚长江东逝水,表达出了内心的孤独。沈德潜曾评价李白的七绝"只眼前景、口头语,而有弦外音、味外味,使人神远"。李白善于化平凡为神奇,如他那句"我寄愁心与明月,随风直到夜郎西",以奇思妙想超越了以往凄凄惨惨的送别诗,将自我、他人与自然之月联系在一起,造成了主体与客体距离感的拉近。李白的诗歌中充满了奇妙的想象,如《望庐山瀑布》:

> 日照香炉生紫烟,遥看瀑布挂前川。飞流直下三千尺,疑似银河落九天。

暖日炙烤着庐山的香炉峰,云烟袅袅,一道水瀑挂于山间,从这句诗的描写来看似从远观,而那"飞流直下三千尺",则是从近处去看,从静转动,仿佛能够听到流水拍打石头的声音,恍惚间会以为一道银河从九天之上倾泻而来。

读李白之诗,是一种畅快的享受,他的诗有爽朗的青春气息。他虽也写哀愁,也写愤懑,但是在苦痛的情感中,他要么越挫越勇,要么能够寻找到排解的方法。他的诗,如酒浸的梅子,颗颗醉人,咬一口便是盛唐的味道。

知识链接：

绝句是近体诗的一种，又被称之为截句、绝诗，唐以前的绝句被称为古绝句。绝句每首四句，又依据每句字数的多少分为五言绝句与七言绝句。唐代开始兴盛的近体绝句，类似于截取律诗的首尾两句或中间两句，轻巧灵动，韵味十足。

敬亭山位于安徽宣州城北5公里的水阳江畔，属黄山支脉，东西绵亘百余里，大小山峰60座，主峰名一峰，海拔317米。敬亭山原名昭亭山，晋初为避晋文帝司马昭名讳，改称敬亭山。

十、如秋落木：沉郁顿挫唯杜诗

公元755年，是唐代历史上一个重要的拐点，这一年安史之乱爆发。唐玄宗后期，开元盛世的繁华中隐藏着不可避免的危机。奸相李林甫专权十六年，天宝十三年（754）之后，杨贵妃的兄长杨国忠又把持朝政。政坛上几股势力互相倾轧，贪污腐败吞噬着大唐帝国庞大的身躯，社会财富向少数人聚集，底层人民过着民不聊生的日子，正直之士没有出头之日。一场摧毁唐朝根基的巨大灾难正在发生，安禄山的叛军节节逼近，潼关失守，长安告急，明皇入蜀，国破家亡。一位伟大的诗人在这个兵荒马乱的时代横空出世，他就是杜甫。

知识链接：

安史之乱是在中国唐代发生的一场政治叛乱，也是唐王朝由盛而衰的转折点。安史之乱从公元755年12月16日爆发至公元763年2月17日平息，历时七年之久。

杜甫画像

少年宦游：杜甫的成长经历

杜甫（712—770），字子美，祖籍襄阳。杜甫的中年时代，正好对应了唐朝由盛转衰的时期，历史交给他一支沉重的大笔，而他也毅然决然地选择了忠实地记录那个年代的风云突变。杜甫少年时期家境优裕，七岁就能作诗。他的祖父就是"文章四友"之一的杜审言。在以儒道仁爱为准则的家庭文化氛围中，杜甫的心中种下了一颗诗歌的种子。读过杜诗的人都会觉得杜甫是一位忧国忧民的严肃诗人，一身浩然正气，但是在他的笔下自己却是"七龄思即壮，开口咏凤凰"，读之令人莞尔。七岁的孩童哪里见过凤凰呢？必然是从典籍中汲取一二，但是小小年纪有如此口气，也是难能可贵。杜甫还是个调皮的孩子，他写自己的少年岁月时道："忆年十五心尚孩，健如黄犊走复来。庭前八月梨枣熟，一日上树能千回。"很难想象杜甫居然能够这样顽劣，如一只小猴子一般上蹿下跳。20岁时，杜甫开始了科举与宦游的生涯，他曾在东都洛阳游历。33岁那年，他遇到了令他一生仰慕的大诗人——李白。这是中国文学史上最值得铭记的一次会面，似乎苍天在冥冥之中令诗坛日月在同一轨道上相遇了，那一刹那如流星划过漆黑的夜空，令千年之后的我们不禁唏嘘感慨。那时李白已经是誉满天下的大诗人，而杜甫尚未崭露头角，但是两个人却颇为惺惺相惜。他们开怀畅饮，评古论今，同床而卧，游历名山。以至于多年之后，杜甫仍写诗怀念这份忘年交情：

　　凉风起天末，君子意如何？

　　鸿雁几时到，江湖秋水多。

　　文章憎命达，魑魅喜人过。

　　应共冤魂语，投诗赠汨罗。

——《天末怀李白》

　　白也诗无敌，飘然思不群。

　　清新庾开府，俊逸鲍参军。

　　渭北春天树，江东日暮云。

　　何时一樽酒，重与细论文。

——《春日忆李白》

与李白分别后，杜甫来到长安。长安十年，杜甫犹如一只困兽，参加科举却落入骗局，上书干谒却屡无回应，渴求引荐却无人赏识，家中妻儿嗷嗷待哺，社会乱象层出不穷，自己穷困潦倒以至于"朝扣富儿门，暮随肥马尘。残杯与冷炙，到处潜悲辛"。但是，这十年也是他一生的黄金十年，沉沦下僚使他看到了社会如泥淖般惨不忍睹，品味到了风餐露宿的艰辛，提炼出了他诗歌浑厚遒劲的滋味。安史之乱爆发后，杜甫被叛军押解到长安，一路上他看尽了满目疮痍的山河，在悲怆中他写下一首首泣血的诗篇。杜甫历尽艰辛，终于从叛军手中逃出，奔赴凤翔。他一方面着眼于宏观战争的演变局势，在官军战败陈陶、青坂时他写下《悲陈陶》、《悲青坂》，在官军捷报大传时，他写下《闻官军收河南河北》。另一方面，他体察着战争给每一个人带来的沉重打击，同情黎民百姓于水深火热中苦苦挣扎，他写下了名垂千古的"三吏"、"三别"。759年，杜甫入蜀，开始了漂泊不定的晚年生活。大历五年（770），疾病缠身的杜甫在赴岳阳的舟中，久无饮食，饥肠辘辘，耒阳令奉上牛肉与白酒。或许是因为食物变质，或许是因为虚弱的脾胃无法承受过量的饮食，杜甫在食后第二日，一代文豪便撒手人寰。

知识链接

"三吏"、"三别"是指《新安吏》、《石壕吏》、《潼关吏》和《新婚别》、《无家别》、《垂老别》，是杜甫的经典代表作品，描写了战乱中下层人民水深火热的生活与残酷繁重的兵役制度。

忧国忧民：史家眼光与赤子之心

李白被称为"诗仙"，他的诗飘洒自如，大气磅礴，似谪仙人下凡，而杜甫被称为"诗圣"，他的诗沉郁顿挫，敦厚浓郁，似史家秉笔直书。一位诗人能被称为"诗圣"，必然不仅仅因为他的诗歌能够反映时代现状，更是因为他将现实主义与一颗赤子之心杂糅在一起。在杜甫的诗中，他以一双饱含着同情与悲悯的眼睛望向芸芸众生，在"小我"之外寻求"大我"，一颗忧国忧民的心装满了整个盛唐。有这么一首《茅屋为秋风所破歌》，唱出了广大寒士的心酸，唱出了一个有志之士的毕生宏愿：

八月秋高风怒号，卷我屋上三重茅。茅飞渡江洒江郊，高者挂罥长林梢，下者飘转沉塘坳。

南村群童欺我老无力，忍能对面为盗贼，公然抱茅入竹去。唇焦口燥呼不得，归来倚杖自叹息。

俄顷风定云墨色，秋天漠漠向昏黑。布衾多年冷似铁，娇儿恶卧踏里裂。床头屋漏无干处，雨脚如麻未断绝。自经丧乱少睡眠，长夜沾湿何由彻。

安得广厦千万间，大庇天下寒士俱欢颜，风雨不动安如山。呜呼，何时眼前突兀见此屋，吾庐独破受冻死亦足！

八月入秋，天气陡寒，狂风如恶魔般呼号，卷走了屋顶上一层层茅草。枯黄的茅草被狂风吹过大江，飘飘洒洒，有的挂在高高的林梢，有的沉没于水塘泥泞中。顽劣少年怎知世事艰苦，他们的脑海中只知道玩耍与搞恶作剧，片刻间洒落在地上的茅草被孩子们公然抱走。大江东去，江边只留下佝偻着背的诗人，无望地舔着干涸开裂的嘴唇。风高夜黑，似乎天要塌下来一般，乌云压顶，秋风萧瑟，仿佛在诉说着人世间无尽的悲伤。破败的小茅草屋里面还有什么呢？本应御寒的棉被因为年久而硬如铁，冷如冰，里面布满了如蜘蛛网般的大大小小的破洞。窗外雨潺潺，屋内雨绵绵，生活是如此地辛酸艰苦！在此情此景下，杜甫一句泣血的呼唤，感动了世世代代人的心——"安得广厦千万间，大庇天下寒士俱欢颜，风雨不动安如山。呜呼，何时眼前突兀见此屋，吾庐独破受冻死亦足"。于艰难困苦中，于生活的泥淖里，于凄风冷雨下，于寒风瑟瑟时，杜甫想到的不是自己，而是天下寒士，而是他人的疾苦。仁之大者，忧国忧民，哪怕自家墙倒屋塌，哪怕自我粉身碎骨，也希望天下寒士俱欢颜。这就是杜甫的价值，这就是后世对杜甫推崇的原因。他以一副深沉的面孔面对着天下苍生，写出了可歌可泣的动人诗篇。

杜甫的家国之忧伴随着时代的旋律而跳动，他忠实地记录着生民的喜怒哀乐，他的血脉里跳动着一位诗人应有的担当。杜甫的眼睛深入到社会的各个角落，他在长安游历的十年中，看遍了荣华富贵，也看到了荣华富贵背后隐藏的政治危机。如他在《丽人行》中写道：

三月三日天气新，长安水边多丽人。态浓意远淑且真，肌理细腻骨肉匀。

绣罗衣裳照暮春，蹙金孔雀银麒麟。头上何所有，翠微㔷叶垂鬓唇。

背后何所见，珠压腰衱稳称身。就中云幕椒房亲，赐名大国虢与秦。

紫驼之峰出翠釜，水精之盘行素鳞。犀箸厌饫久未下，鸾刀缕切空纷纶。

黄门飞鞚不动尘，御厨络绎送八珍。箫鼓哀吟感鬼神，宾从杂遝实要津。

后来鞍马何逡巡，当轩下马入锦茵。杨花雪落覆白苹，青鸟飞去衔红巾。

炙手可热势绝伦，慎莫近前丞相嗔。

草长莺飞三月天，正是一年春好处，长安水畔丽人行，

唐代画家张萱《虢国夫人游春图》局部

这些皇亲贵戚们各个姿容姣好，绫罗绸缎轻似蝉翼，金银珠翠宛若惊鸿。一句"就中云幕椒房亲，赐名大国虢与秦"道出了事情的真相。杨妃占尽君王宠，一家兄妹均沾恩，佳肴美味络绎不绝，精美餐具交相辉映，轻肥宝马接连而至，杨花似雪落英缤纷。当朝炙手可热知是谁？是当朝宰相，贵妃的长兄。用极其奢华的场景，写出一场无言的讽刺。不阿谀奉承，不自甘堕落，一片忧思尽在笔中，不愧是"穷年忧黎元，叹息肠内热"。

开元盛世已过，但是多少人还沉湎在花天酒地中长醉不醒，醉眼看不见"朱门酒肉臭，路有冻死骨"，醉耳听不见"新鬼烦冤旧鬼哭，天阴雨湿声啾啾"。兵车辚辚，战马萧萧，戍边的战士即将远征，亲人的泪水涟涟如河，哭声直上干云霄，谁不知戍边苦？"或从十五北防河，便至四十西营田。去时里正与裹头，归来头白还戍边。边庭流血成海水，武皇开边意未已。君不闻汉家山东二百州,千村万落生荆杞。纵有健妇把锄犁,禾生陇亩无东西。况复秦兵耐苦战,被驱不异犬与鸡。长者虽有问,役夫敢申恨。且如今年冬,未休关西卒。县官急索租,租税从何出。信知生男恶,反是生女好。生女犹得嫁比邻,生男埋没随百草。君不见青海头,古来白骨无人收。"一个人的生命能有多少年,又是怎样的艰苦岁月令身强体壮的少年郎变成了两鬓斑白的老人?身体的苦并不是最可怕的,最可怕的是精神的寂寞。壮士们热血杀敌,却被当作鸡犬一般使唤,死后白骨埋青山,从此魂魄难入梦。

杜甫的诗被称为"诗史",他的诗歌兼具了诗的情调和史的宏大厚重,兼顾抒情与叙事,在家国征战的主题下,聚焦于细微的个体,记录了大时代下的悲欢离合。如《石壕吏》:

> 暮投石壕村,有吏夜捉人。老翁逾墙走,老妇出门看。
>
> 吏呼一何怒,妇啼一何苦。听妇前致词,三男邺城戍。
>
> 一男附书至,二男新战死。存者且偷生,死者长已矣。
>
> 室中更无人,惟有乳下孙。有孙母未去,出入

无完裙。

老妪力虽衰，请从吏夜归。急应河阳役，犹得备晨炊。

夜久语声绝，如闻泣幽咽。天明登前途，独与老翁别。

杜甫通过战乱中的一户人家的剪影，道出了乱世的种种怪象。夜深人静本是安眠时分，可是就在这夜色朦胧中，仍有官吏来征兵，他们甚至不放过耄耋之年的老人。一句短短的"吏呼一何怒，妇啼一何苦"，我们似乎能够看见官吏张牙舞爪的样子，能够听见老妇楚楚可怜的啜泣。国破家亡，家中三个壮年儿子都奔赴了沙场，可是有两个却再也回不来了。生命是何其卑贱，何其渺小，苟且偷生、惴惴不安地等待着死亡的降临。原本其乐融融的家中只剩下嗷嗷待哺的孙儿，他躺在衣不遮体的母亲怀里，也只有他不知道生命的苦涩吧。求天无路，告地无门，他们带走了颤颤巍巍的老妪，一把老骨头还要急行军，为的是赶在太阳升起前做好晨炊。听，他们的步子渐渐远了，依稀中能听见一句骂骂咧咧的吼叫和天色将白时稀疏的鸡鸣。天亮了，杜甫再一次踏上了征途，他独自与老翁作别。经历了太多的苦难与颠沛流离，再多的语言都是麻木的，都是苍白的，只留下相顾无言的一声叹息。

　　杜甫的诗饱含感情，血泪交融混合成他笔下的墨汁，所见的是满目疮痍的山河，所闻的是哀鸿遍野的呼喊，他无奈，他悲恸，但是他始终没有忘记奔走呼喊。在《羌村三首》中，他回到了故乡，久别重逢的喜悦却被父老乡亲水深火热的生活所冲淡，他们"手中各有携，倾榼浊复清。莫辞酒味薄，黍地无人耕。兵戈既未息，儿童尽东征"。一杯浊酒一把泪，连年战乱的生活就如这薄酒，苦涩辛辣，一口直呛出闪闪的泪花。杜甫在自身坎坷的情况下，仍然不忘疾呼："请为父老歌，艰难愧深情。歌罢仰天叹，四座泪纵横。"

知识链接

　　杨贵妃得宠于唐玄宗以后，请求唐玄宗将自己的三个姐姐接入京城。唐玄宗称杨贵妃的三个姐姐为姨，并赐以住宅。天宝初年，唐玄宗封她们三人为夫人，分别为虢国夫人、韩国夫人和秦国夫人。杨贵妃的兄长杨国忠曾为相，掌握大权。有诗云："虢国夫人承主恩，平明骑马入宫门。却嫌脂粉污颜色，淡扫蛾眉朝至尊。"

沉郁顿挫：杜甫的律诗创作

杜甫的律诗堪称唐诗一绝。律诗结构严谨，对仗工整，平仄考究，极其适合杜甫沉郁顿挫的风格，在一扬一顿之间，情感一层一层融化开来。杜甫在被押解到长安途中写下了一首《春望》：

国破山河在，城春草木深。

感时花溅泪，恨别鸟惊心。

烽火连三月，家书抵万金。

白头搔更短，浑欲不胜簪。

句句泣血，声声哀鸣，本是生机盎然的春日，却因为战乱而人迹罕至，繁华的长安城只留下荒草萋萋。花也流泪，鸟也恨别，世间万物都处在感时伤怀中。颈联写家人杳无音讯，而尾联并没有过多地抒情，却是全诗情感的升华。丝丝缕缕的白发，越来越稀少，飘荡在风中，就连簪子都不知插在什么地方。是愁催人老，是恨催发白，是痛让诗人写下名垂千古的诗文。

《登高》是杜甫晚年创作的一首七律，被胡应麟赞为"古今七言律第一"。离家万里客，漂泊无依人，又逢秋景叶落，独自登高远眺，看尽一生得失，写下深沉诗篇：

风急天高猿啸哀，渚清沙白鸟飞回。
无边落木萧萧下，不尽长江滚滚来。
万里悲秋常作客，百年多病独登台。
艰难苦恨繁霜鬓，潦倒新停浊酒杯。

这首诗难能可贵的是句句对仗，却又不失灵动。开篇描写了一组秋日画面：秋风瑟瑟，秋空渺远，江中一小岛，不时有白鸟展翅翱翔，它舒展的身影穿梭在天地之间；风起叶落，飘飘洒洒令人感到一份莫名的肃杀，翻腾的滚滚长江，流不尽的江水，恰似诗人的愁绪，不可断绝。年老迟暮偏逢秋风时节，体弱多病又遇登临送目，新仇旧恨都化为一杯酒，但是现如今连酒都无法畅饮了。韶光易逝，壮志难酬，让所有的一切都随着滔滔江水东流去吧！人生实难，又与谁说？真乃"飘飘何所似，天地一沙鸥"。

杜甫与李白，唐代诗歌史上的两颗明星，一个飘逸洒脱，直指云天，一个正气凛然，脚踏实地，他们共同构成了唐诗的完满，共同谱写了中国诗歌史上最流光溢彩的乐章。

十一、喻世陈情：白居易的诗歌创新

经历了安史之乱的打击，诗人们失去了盛唐那份气吞山河的自信。社会在缓慢地重建，如滔滔江水在经历过跌宕起伏的山川后，开始进入平缓凝滞的开阔地。一场关于诗歌的变革也在进行着。白居易所领导的新乐府运动与讽喻诗的创作开创了唐诗叙事议论的传统，同时他简洁平白的语言也将诗歌的受众范围进一步扩大。

笔走天地：白居易的讽喻诗

白居易（772—846），字乐天，自号"香山居士"、"醉吟先生"。他的诗歌主张主要体现在《与元九书》中，他将自己的创作理念概括为："文章合为时而著，歌诗合为事而作。"唐代之前的诗歌创作多是以抒发情感为主，白居易则主张诗歌应回到"诗言志"的传统上，发挥其言事的作用，最终达到"唯歌生民病，愿得天子知"的劝谏作用。除此之外，白居易力主诗歌创作要写实、通俗。相传，"白乐天每作诗，令一老妪解之。问曰：解否？妪曰解，则录之；不解，则易之"。他的诗歌具有比较浓厚的功利主义色彩。

白居易创作了大量描写社会现实的诗歌，他用冷静的笔触揭示着残酷的社会现实。如《观刈麦》写他看到农民在麦田收割的情景，以"田家少闲月，五月人倍忙"开篇，道出了农民一年到头的忙碌生活，农人如蝼蚁般躬耕收获，而"妇姑荷箪食，童稚携壶浆"又写出全家老少齐上阵的场景。诗人转而将注意力放在了天气上——"足蒸暑土气，背灼炎天光。力尽不知热，但惜

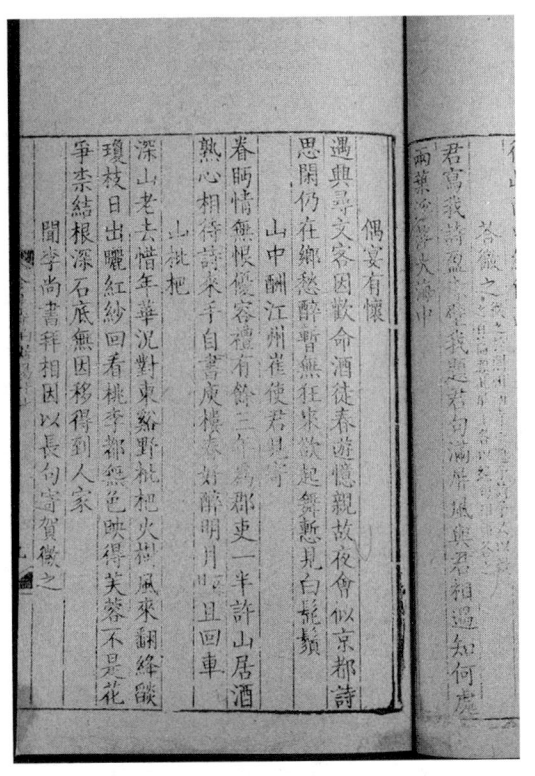

康熙年间刻本《白居易诗集》

夏日长"。这是多么矛盾的心情，脚踩黄土背朝天，忍受着如蒸笼般的双重煎熬，可是私心里却想着夏天不要过去，不要下雨，以便抢收麦子，读之令人心酸。同样的遭遇还有那卖炭翁——"可怜身上衣正单，心忧炭贱愿天寒"。一位孤苦的老人以卖炭为生，辛勤劳动以至于"满面尘灰烟火色，两鬓苍苍十指黑"。他的要求并不高，他只要"卖炭得钱何所营？身上衣裳口中食"罢了。但是，这点聊以生存的最低生活愿望也破灭了，当宫中的黄巾使者一边呵斥一边拉走他千斤的薪炭时，他得到了什么呢？只有"半匹红绡一丈绫，系向牛头充炭直"。诗歌到此戛然而止，那系在牛头上的红绡，似乎是赤裸裸的讽刺与无尽的悲哀。那位卖炭翁的命运如何呢？白居易并没有给我们答案。我们只看到他伛偻的背影消失在漫天的风雪中。

可以说白居易的讽喻诗揭露社会现实是相当毒辣的，通过他的诗歌我们看到了唐代社会不为人知的一面。严重的赋税与官员们的贪污使得百姓苦不堪言，官家"缯帛如山积，丝絮似云屯"，而民间则"幼者形不蔽，老者体无温"。不平之民甚至发出了怒号："剥我身上帛，夺我口中粟。虐人害物即豺狼，何必钩爪锯牙食人肉！"严重的两极分化造成了社会财富向少数人倾斜，白居易的诗歌也记录了这一现象。在《轻肥》中，诗人以大量的篇幅描写内臣贵族的奢靡生活，他们"夸赴军中宴，走马去如云。樽罍溢九酝，水陆罗八珍。果擘洞庭橘，脍切天池鳞。食饱心自若，酒酣气益振"。奢靡的生活犹如一张温柔的网，使人醉生梦死地缠绵其中。诗歌最后写道"是岁江南旱，衢州人食人！"此句看似不经意，却如猛然敲醒的警钟，使奢靡与饥饿形成了鲜明的对比。这是对于生命的严重漠视，是对政治的无声讽刺。富贵者"厨有臭败肉，库有贯朽钱"，但是他们却"忍不救饥寒"，任由饿殍遍地，乃至出现丧失人性的人相食的惨状。试问，这社会到底是谁在吃谁呢？

知识链接

元九：唐代诗人元稹的别称。元稹排行第九，因以称之。元稹，字微之，又字威明，唐代诗人。25 岁与白居易同科及第，并结为终生诗友。曾写下《闻乐天授江州司马》以寄白居易——"残灯无焰影幢幢，此夕闻君谪九江。垂死病中惊坐起，暗风吹雨入寒窗"。

歌行传情:《长恨歌》与《琵琶行》

《长恨歌》与《琵琶行》是白居易叙事抒情诗的两座高山,也成就了白居易在诗歌史上的地位。《长恨歌》是以唐玄宗与杨贵妃的爱情故事为蓝本,加以传说与作者的想象共同构成的。开篇叙述了杨贵妃的宠冠后宫和美艳无边。唐玄宗贵为一朝天子,他的爱情必然是包裹着富贵、权力与地位的混合体,美酒佳人与帝王威严交相呼应,宛若天上人间,以至于"遂令天下父母心,不重生男重生女"。但是,随着安史之乱的爆发,一场奔波与杀戮开始了。当马嵬坡前六军不发,三尺白绫呈上君前,一对有情人经历了怎样痛心的生死离别。妃子逝去,只留下"花钿委地无人收,翠翘金雀玉搔头";君王失位,空对着"行宫见月伤心色,夜雨闻铃肠断声"。至此,全诗也进入了高潮。

只有经历了繁华落尽的苦楚,才能深刻品味曾经得到的喧嚣,只有经历了伊人已逝的悲恸,才能在梦中的每一个角落记起她的一颦一笑。"春风桃李花开日,秋雨梧桐叶落时",当年携手同游,看遍桃李春风,想必也曾在梧桐夜雨时和衣共听雨打芭蕉声。当时只道是寻常，而今日却换了一番滋味。此情可待成追忆，繁华独有伤心人。所拥有的一切都变了模样，"西宫南内多秋草，落叶满阶红不扫。梨园弟子白发新，椒房阿监青娥老"。秋草萋萋，落红遍地，曾经赏名花、对妃子、和新曲的人都不在了。帝王又如何？帝王也有太多的身不由己，帝王也无法捍卫自己的爱情。夜不能寐，可是更令人伤心的却是"悠悠生死别经年，魂魄不曾来入梦"。身已死，魂已消，何必又残忍地连梦里都不能相见。唐玄宗想起了求道问仙，他终于在天界看到了心中思念的她，一钗一钿成为传情的信物，生不得再相见，惟愿死后永缠绵。于是，我们看到了字字含情、句句泣血的诗句——"七月七日长生殿，夜半无人私语时。在天愿作比翼鸟，在地愿为连理枝。天长地久有时尽，此恨绵绵无绝期"。

《琵琶行》则是作者白居易的亲身经历与感受。元和十一年，白居易在贬地江州的游船上，遇到一位琵琶女。一位失意落魄的贬谪官，一位流落街头的失意女，一曲扣人心弦的琵琶曲，一首流芳百世的诗篇，就这么碰撞在了一起。"浔阳江头夜送客，枫叶荻花秋瑟瑟。"秋夜的微凉已经侵入肌肤，和友人分别的淡淡愁绪弥漫在空气中。"醉不成欢惨将别,别时茫茫江浸月。忽闻水上琵琶声,主人忘归客不发。寻声暗问弹者谁?琵琶声停欲语迟。移船相近邀相见,添酒回灯重开宴。千呼万唤始出来,犹抱琵琶半遮面。"本是把酒言欢的大好日子,却怎奈那份快乐中总有一丝忧愁,唯有那琵琶声声能带给人以安慰。而这哀婉悠长的曲子背后也有一个动人的故事,是关于青春年华的灿烂与岁月易逝的冷清。这琵琶女本是京城人,曾经"五陵年少争缠头,一曲红绡不知数"。但如今人老色衰,只落得"门前冷落鞍马稀,老大嫁作商人妇"。还能说什么呢?只能说一句"同是天涯沦落人,相逢何必曾相识"吧!

知识链接:

唐玄宗亲谱《霓裳羽衣曲》,召见杨贵妃时,令乐工奏此新乐,赐杨氏以金钗钿合,并亲自插在杨氏鬓发上。玄宗对后宫人说:"朕得杨贵妃,如得至宝也。"时宫中未立新皇后,宫人皆呼杨氏为"娘子"。

明郭诩绘《琵琶行图》局部

十二，中唐之声：清冷奇绝的混合

经历了安史之乱，唐诗迎来了一个新的局面——大历诗人开始登上文坛。大历诗人有着共同的心理成长轨迹，他们的青少年时期在开元盛世中度过，但是长期的战乱使他们看遍了人世间的悲欢离合，他们不再拥有李白的磅礴与杜甫的沉郁，而转向了追求劫后余生的清高自在。大历诗歌开始朝向清雅闲适的方向发展，如水晶般晶莹剔透，却又有令人感到不易接近的冷清。如韦应物的《滁州西涧》：

> 独怜幽草涧边生，上有黄鹂深树鸣。春潮带雨晚来急，野渡无人舟自横。

清清山涧水，悠悠黄鹂鸣，一片自然界的生机盎然。骤雨忽急，风雨中、渡口边的无人小舟随性漂流。有一份落寞，又有一份潇洒。又如司空曙的《江村即事》：

  钓罢归来不系船，江村月落正堪眠。纵然一夜风吹去，只在芦花浅水边。

诗人已经不再关注家国社会，而是醉心于自己的精神世界，也许是看透了人事变迁，使他的心境有了一分澄澈，他开始向自然与内心世界探寻精神的寄托。不系之舟就是他的化身，他已经脱离了种种羁绊与拘束，由此他才能随遇而安，才能宿江头伴月眠，任微风吹拂而自在悠闲。被称为"五言长城"的刘长卿则将诗歌中的冷清表现得淋漓尽致，不见人间烟火气，只余孤清凄冷来。如一首《送灵澈上人》："苍苍竹林寺，杳杳钟声晚。荷笠带夕阳，青山独归远。"清幽的竹林，钟声响起，夕阳的余晖洒在老僧的身上，在青山中只留下他远去的背影。而意蕴悠远则莫过于《逢雪宿芙蓉山主人》：

  日暮苍山远，天寒白屋贫。柴门闻犬吠，风雪夜归人。

文字简洁干净，却传达出悠远凄冷的味道，如一幅风雪夜的水墨画，一点淡墨就勾画出漫天风雪中孤寂清冷的意韵。

  在大历诗人之后，亦有柳宗元接其笔力，但是柳宗元的诗歌由于多是贬谪后作，自然就多了一份清朗的骨

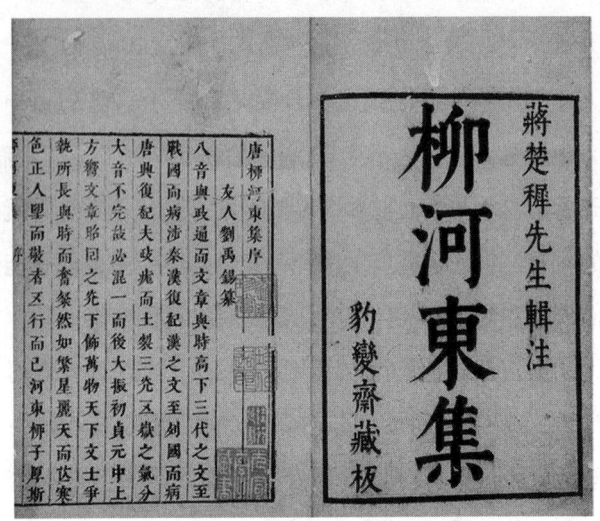

《柳河东集》书影

力。他并不像大历诗人那样平静淡泊,而是在寻求自我超脱的过程中不断地自我怀疑,从而形成了"忧中有乐"的诗歌风格。他最有名的一首五绝是《江雪》:

> 千山鸟飞绝,万径人踪灭。孤舟蓑笠翁,独钓寒江雪。

开篇两句就用"鸟飞绝"与"人踪灭"营造了一个无物无人的肃杀寂寥的环境,而冬日的寒冷更增加了几分一尘不染的静默。寒江之中孤舟一叶,蓑翁一人,独坐于这白茫茫的大地上，做着垂钓这一不合时宜的行为。漫天风雪中我们似乎能够读出柳宗元的孤高、忧愤、冷清与内心的悲哀。而与柳宗元经历相似的另外一位诗人刘禹锡则选择了另一条道路。他的诗歌虽有失望，但是并不绝望，他总能够用诗歌激昂起内心的意志。他的《秋词》一改中国诗歌的悲秋传统，将昂扬与不屈服的精神从诗句中透露出来。"自古逢秋悲寂寥，我言秋日胜春朝。晴空一鹤排云上，便引诗情到碧霄。"在别人眼中万物开始走向萧瑟的秋天，在此诗中有了蓬勃与大气，作者的一股傲气与笑对苦难的气势给予了诗歌别样的魅力。刘禹锡亦擅长怀古诗的创作。"朱雀桥边野草花，乌衣巷口夕阳斜。旧时王谢堂前燕，飞入寻常百姓家。"一首朗朗上口的《乌衣巷》写出了历史的沧桑巨变。他并没有用过多的陈词感叹，而只用一对穿堂燕，不着痕迹地将沧海桑田的变换表现出来。再让我们细细品读他的《西塞山怀古》：

　　王濬楼船下益州，金陵王气黯然收。

　　千寻铁锁沉江底，一片降幡出石头。

　　人世几回伤往事，山形依旧枕寒流。

　　今逢四海为家日，故垒萧萧芦荻秋。

历史是沉重的，时间却能让后人带着距离感去细细品评历史的味道。"人世几回伤往事,山形依旧枕寒流",用人间世事的斗转星移与自然万物的亘古不变进行对比,更能使人叹息使人愁。

中唐时期还有一位诗人,他少年时便颇具才气,曾以一首《雁门太守行》令韩愈大为赏识,但是羸弱的身体却使他壮志未酬,英年早逝。他的诗歌充满着怪异的意象与超乎寻常的视角,他被称为"诗鬼",他就是李贺。之所以称之为"诗鬼",是因为李贺在诗歌中构建了一个不同寻常的鬼魅世界,声音、颜色、时间、万物都呈现出前所未有的变态与扭曲。他写箜篌的演奏竟然可以使"昆山玉碎凤凰叫,芙蓉泣露香兰笑"。他写秋天坟场"秋坟鬼唱鲍家诗,恨血千年土中碧",本是鲜红的血液,经历了千年的锤炼,居然化为碧玉,红与绿的强烈对比使人触目惊心。他写离别的汉代铜人,居然使之有了生命与人的情感,"空将汉月出宫门,忆君清泪如铅水"。在他的诗歌中,血、泪、死、笑、鬼、冷等层出不穷,读之令人毛骨悚然,如"石脉水流泉滴沙,鬼灯如漆点松花",又如"南山何其悲,鬼雨洒空草。长安夜半秋,风前几人老"。冷峻凄厉的色彩变换万千,仅仅红就有"老红"、"笑红"、"冷红"、"愁红"多种,无机的色彩与有机的情绪结合在一起,造成了颠覆性的效果。李贺的想象经常具有跳跃性，他似乎能够在时间与空间的隧道中任意穿梭，如《梦天》：

老兔寒蟾泣天色，云楼半开壁斜白。

玉轮轧露湿团光，鸾珮相逢桂香陌。

黄尘清水三山下，更变千年如走马。

遥望齐州九点烟，一泓海水杯中泻。

诗人从人间来到了月宫，又从天上返回人间，广袤的九州不过如九点烟云，而那澎湃汹涌的海水更像是从杯中一泻而下一般清浅。李贺将梦与现实对照起来，将大与小的界限颠倒起来，他走马天涯，也为唐诗风格的多样化贡献了力量。

知识链接：

柳宗元（773—819），字子厚，唐代河东（今山西运城）人，唐宋八大家之一，著有《柳河东集》。柳宗元与韩愈同为中唐古文运动的领导人物，并称"韩柳"。

刘禹锡（772—842），字梦得，唐代著名诗人、文学家、哲学家。禹锡素善诗，晚节尤精。与白居易唱和颇多，世称"刘白"。白居易尝称赞他："彭城刘梦得，诗豪者也。"

十三、晚唐余音：夕阳也曾无尽好

晚唐，唐王朝的最后一抹余晖即将落下，民生凋敝更加严重。回望大好河山，已是千疮百孔。报国无门，立功无望，个人的价值无法冲破黑暗的社会屏障，诗歌因而从关注社会转向了关注历史与内心。

杜牧的怀古诗是晚唐时期的重要作品，在晚唐诗歌一派绮靡之音的包围中，他的诗歌尤显清朗有力，虽处乱世，却自有一番风流潇洒，虽曰咏史，却能做到疏朗遒劲。最有名的要数《泊秦淮》：

烟笼寒水月笼沙，夜泊秦淮近酒家。商女不知亡国恨，隔江犹唱《后庭花》。

烟波之中的秦淮河，自古就是风流旖旎的所在，花红酒绿中蕴藏了多少醉生梦死。相传陈后主曾创作过《玉树后庭花》一曲，在敌军大兵压境的危险时分，皇宫中还到处弥漫着此曲的靡靡之音,一曲《后庭花》便成了亡国之音。但是歌女们哪里在乎这个呢?听!在这衰颓的唐王朝中,不是又响起了这绮靡的歌声吗?

《康熙南巡图》中的秦淮河

杜牧的诗歌善于通过意象的构建来达到无声的感叹与劝诫,如《江南春》:

千里莺啼绿映红,水村山郭酒旗风。南朝四百八十寺,多少楼台烟雨中。

全诗看似是在描写江南春日的景象,但是在不经意间却带出了烟雨蒙蒙中的南朝寺院,盛极一时的岁月已成过去,没有什么是永恒存在的,言语已尽但是意蕴悠远。杜牧的怀古诗也颇具讽刺的意味,他的《过华清宫》就以"一骑红尘妃子笑,无人知是荔枝来"揭露了唐玄宗对杨贵妃的无尽宠爱,劳民伤财只为博得贵妃一笑,又与周幽王烽火戏诸侯博褒姒一笑有多大差别呢?杜牧会通过怀古诗抒发自身情怀，如《赤壁》：

> 折戟沉沙铁未销，自将磨洗认前朝。东风不与周郎便，铜雀春深锁二乔。

诗人从自己捡到的三国时期的兵器出发，联想到历史上著名的赤壁之战，那场战争集合了天时、地利、人和各种有利条件。如果说没有那天的东风，胜负谁又能定呢？有时人生就需要这样一股东风，而杜牧拥有的只是怀才不遇的愤懑。从历史回到自身，让我们细细品味其中的滋味。

晚唐时期与杜牧并称"小李杜"的诗人李商隐的诗歌风格更为内敛，他的诗歌含蓄而多情，有一股欲说还休的神秘感。李商隐的那份犹豫或许来源于当时政治上的"牛李党争"，左右为难的他一直郁郁不得志。他颇具才情，但是当时社会却是一个"不问苍生问鬼神"的畸形社会，以至于他的诗歌充斥着繁密的忧伤。

李商隐的抒情诗对女性情感的关注是非常诚挚的，他给了女性一个平等的地位，似情人，似知己。他的相思是默默的，也是炽热的。李商隐在巴山楚水间曾写下过一首《夜雨寄北》：

> 君问归期未有期，巴山夜雨涨秋池。何当共剪西窗烛，却话巴山夜雨时。

诗人本是独自对着潺潺秋雨，但是在诗歌中，他却已经踏上了归程，回到了久别的家中。他与她两个人坐于床头，一把剪刀两人共握，细心地修剪着窗前的蜡烛，又像唠家常一般细细碎碎地讲起他在巴山夜雨时的情思。时空场景的转换与对调，现实与未来期望的混合，平实的语言下那份浓浓的情感，共同构成了这首诗的意境。李商隐的感情是热烈的，不然他写不出"春蚕到死丝方尽，蜡炬成灰泪始干"的真挚；李商隐的感情又是含蓄的，否则他不会有"身无彩凤双飞翼，心有灵犀一点通"的细腻。李商隐的诗歌中常常出现看似没有关联的思维化的跳跃意象，你也许并不能明确地知道诗人的所指，但是却可以体味到诗人的情感心绪。如《锦瑟》：

> 锦瑟无端五十弦，一弦一柱思华年。
> 庄生晓梦迷蝴蝶，望帝春心托杜鹃。
> 沧海月明珠有泪，蓝田日暖玉生烟。
> 此情可待成追忆，只是当时已惘然。

如梦似幻，一把锦瑟，五十根琴弦，拨乱了诗人的心。庄生梦蝶，是梦吗？还是人生在世本就是一场梦魇？杜鹃啼血，是恨吗？还是对于无法回去的过往的哀叹。对月流珠，玉暖升烟，这一切的意象都看似并不相关，可是我们却能读出诗人的痛苦、追忆、后悔、寂寞与向往。此情是什么？不知道。但是这种朦胧反而为诗歌增添了更多无尽的哀愁。

知识链接：

后庭花：唐教坊曲名，后用作词调名。据宋人王灼《碧鸡漫志》云："《玉树后庭花》陈后主造，其诗皆以配声律，遂取一句为曲名。"南朝陈后主陈叔宝，是南朝陈国的最后一个昏庸皇帝。传说陈灭亡的时候，陈后主正在宫中与爱姬张丽华玩乐。其诗如下：丽宇芳林对高阁，新妆艳质本倾城。映户凝娇乍不进，出帷含态笑相迎。妖姬脸似花含露，玉树流光照后庭。花开花落不长久，落红满地归寂中。

"牛李党争"发生在晚唐时期。朝廷官员分为两派——以牛僧孺为首领的牛党和以李德裕为首领的李党。两派官员互相倾轧，争斗不休，从唐宪宗时期开始，到唐宣宗时期才结束，闹了将近40年。历史上把这次朋党之争称为"牛李党争"。

十四、宋初诗坛：唐诗的模仿与创新

宋诗沿着唐诗发展的路子继续前行，但是唐诗已经如一座高峰耸立在文坛，如何超越、如何发展创新成为宋朝诗坛面临的一大问题。在宋朝初年，诗歌格局以三家为主，分别是白体、晚唐体和西昆体。这三家不外乎是向唐诗创作的路子靠拢，各取唐诗的某一要素进行学习。

旧中求新：亦步亦趋的仿唐诗风

"白体"，顾名思义就是向白居易学习。但是白体诗人模仿的并不是白居易的讽喻诗，而是他的闲适诗。宋代施行重文轻武的政策，文人士官生活优渥，他们有大量的时间与心情进行唱和，抒发闲散富贵的生活满足。著名诗人王禹偁也被看作是白体诗人，但是却走上了另一条道路——接续白居易的新乐府诗风，用平直朴素的诗歌语言揭露残酷的社会现实。他写田地中农夫的劳作，如《畲田词》："大家齐力劚孱颜，耳听田歌手莫闲。各愿种成千百索，豆其禾穗满青山。"朴素的语言中包含了农家朴素的愿望，力气与汗水幻化成对丰收的期盼，如白描实录般的刻画颇有白居易的风范。同样，王禹偁也将目光投射到了饥寒交迫的下层人民身上。在《感流亡》中，他悲恸地写下："老翁与病妪，头鬓皆皤然。呱呱三儿泣，茕茕一夫鳏。道粮无斗粟，路费无百钱。聚头未有食，颜色颇饥寒。"他们尝尽了人间冷暖，但他们更害怕的却是"唯愁大雨雪，僵死山谷间"。面对此情此景，王禹偁颇有同情心，他联想到自身，"我闻斯人语，倚户独长叹：尔为流亡客，我为冗散官"。

这份同情与关怀使人想到忧国忧民的伟大诗人杜甫,王禹偁自己也曾评价自己的诗歌"本与乐天为后进,敢期子美是前身"。在他的一些诗篇创作中,的确能够看出杜诗的旨趣。如《村行》一篇:

> 马穿山径菊初黄,信马悠悠野兴长。
> 万壑有声含晚籁,数峰无语立斜阳。
> 棠梨叶落胭脂色,荞麦花开白雪香。
> 何事吟余忽惆怅?村桥原树似吾乡。

语言庄重流畅,景色优美静谧,情感在最后升华,含蓄温暖,读之有杜诗滋味。

"晚唐体"诗风是宋初诗歌的另一大流派,他们追求晚唐诗人贾岛、姚合的诗风,因此被称之为"晚唐体"。贾岛等人擅长五律,作诗注重对字句的推敲。"推敲"二字就是由他的诗歌"鸟宿池边树,僧敲月下门"而来。"晚唐体"诗人继承了贾岛"苦吟"的传统,将诗歌的创作看成是一项艰巨而细致的工作。擅长"晚唐体"的是以惠崇为代表的九位僧人,他们的诗歌所描写的内容往往是寂静清幽的林间风景与淡泊隐逸的生活。诗歌偶有佳作,如"虫迹穿幽穴,苔痕接断棱"。但是由于他们描写的范围太过于狭窄,无非是花鸟虫鱼、山水幽壑、日月星云、竹石风雪,久读略显乏味。"晚唐

清沈铨《松梅双鹤图》

体"的另一派代表是隐逸派诗人,林逋是其中的代表。他终身隐居山林,惟喜种梅养鹤,一生未娶,人称"梅妻鹤子"。他的《山园小梅》颇出佳句,一句"疏影横斜水清浅,暗香浮动月黄昏"道出了梅花的精髓。

宋初影响最大的诗派要数西昆体。宋真宗时期,翰林大学士杨亿应诏编纂类书《历代君臣事迹》,一起参与编书的多为当时重要的文人,如钱惟演、刘筠等。文人们在漫长的编书过程中进行诗歌酬唱,之后这些诗歌被集结成册,命名为《西昆酬唱集》。西昆指西方昆仑群玉之山,相传是古代帝王藏书之地,因此馆臣命名其为《西昆酬唱集》。西昆体诗人的模仿对象是晚唐诗人李商隐,他们崇尚李商隐诗歌的文采华丽、隐喻浓密的特点,以咏史和咏物作为诗歌关注的焦点。但是,时代的变迁已经带走了无数个人的情感,西昆体诗人从本质上来说依然是亦步亦趋的模仿,他们能做到对仗精工,能做到用意深沉,但是却找不到属于宋诗自我的特点。没有找到自己的路子,宋诗的发展遇到了瓶颈。

知识链接

王禹偁(954—1001),北宋白体诗人、散文家,字元之,汉族,济州巨野(今山东省巨野县)

人。晚年被贬于黄州，世称王黄州。王禹偁为北宋诗文革新运动的先驱，文学韩愈、柳宗元，诗崇杜甫、白居易。著有《小畜集》。

贾岛（779—843），字浪仙，唐代诗人。唐朝河北道幽州范阳县（今河北省涿州市）人。早年出家为僧，号无本，自号"碣石山人"。贾岛人称"诗囚"，又被称为"诗奴"，一生不喜与常人往来。《唐才子传》称他"所交悉尘外之士"。他惟喜作诗苦吟，在字句上狠下功夫。

文人理趣:宋诗的继承与创新

宋诗的发展急需一场创新与变革,从唐诗开创的辉煌成就中解脱出来,这就需要一批文人担起诗歌创新的重任,首推的就是当时的文坛巨擘欧阳修。欧阳修在他的诗歌评论专著《六一诗话》中提出了"诗穷而后工"的理论。欧阳修认为诗歌的创作不能靠埋首故纸堆,也不能靠亦步亦趋地模仿前人,而是要回归到生活中去,在生活中接受艰难困苦的打击磨砺,才能拥有开阔的诗境界。欧阳修力转西昆体的缺点,使之重新回到现实主义的轨道上,如他写《画眉鸟》:"百啭千声随意移,山花红紫树高低。始知锁向金笼听,不及林间自在啼。"他在唐诗宏大多变的意象中寻找宋诗的发展空间,在这一点上,与欧阳修交好的诗人梅尧臣做到了极致。梅尧臣(1002—1060),字圣俞,北宋著名现实主义诗人,宣州宣城(今属安徽)人。宣城古称宛陵,世称宛陵先生。梅尧臣一生专注于诗歌创作,他的创作题材走向了平凡与世俗的领域,如《扪虱得蚤》、《八月九日晨兴如厕有鸦啄蛆》,虽流于粗俗,但却是在"矫枉过正"中

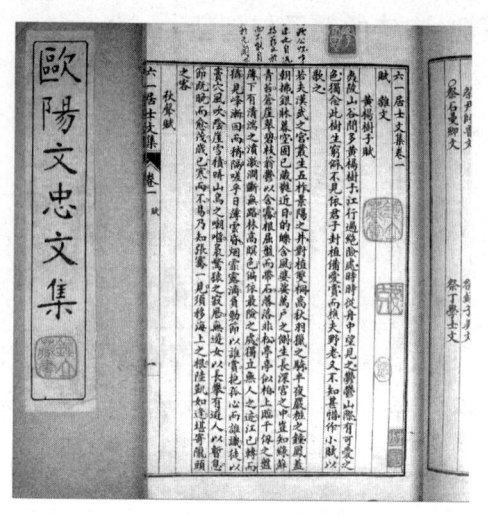

《欧阳文忠文集》书影

追求一种新意。如他的《鲁山山行》：

适与野情惬，千山高复低。

好峰随处改，幽径独行迷。

霜落熊升树，林空鹿饮溪。

人家在何许，云外一声鸡。

宋诗开始朝着平淡宁静的文人雅士风格前进，大量关于文人生活风貌的题材入诗，或是读书随笔，或是吟咏文房用品，或是诗寄文友。欧阳修就有大量这样的创作，如《读山海经图》、《古瓦砚》等。也有一部分诗歌用来表现文人潇洒不羁的生活态度，如苏舜钦的"晚泊孤舟古祠下，满川风雨看潮生"，表现出了一种逍遥自在。宋诗能够继续发展的生命原动力还在于它根植在社会现实的基础上，大量散文化的手法与议论开始出现在诗歌创作中。欧阳修的《食糟民》就将目光投射到吃不起粮食只能吃酒糟的农民身上，他痛心疾首的一句反问"上不能宽国之利，下不能饱尔之饥。我饮酒，尔食糟。尔虽不我责，我责何由逃！"便展现了一种诗人的担当。梅尧臣的"寒鸡得食自呼伴，老叟无衣犹抱孙"更是有着一份诗人的闲适淡然。诗人们在这片土壤上精心耕耘，而宋诗也将在这片土壤中发扬光大。宋诗讲究理趣，讲究生活的味道，讲究文化的氛围，苏轼的诗歌就很好地诠释了这一点。苏轼诗歌的理趣蕴藏在山水之中，他一生宦海沉浮，历经世事而有一份见识与自在，他能够从平凡的事物中总结出人生的规律，又能将枯燥的规律以诗意的语言表达出来。如一首《和子由渑池怀旧》：

  人生到处知何似？应似飞鸿踏雪泥。

  泥上偶然留指爪，鸿飞那复计东西？

  老僧已死成新塔，坏壁无由见旧题。

  往日崎岖还记否？路长人困蹇驴嘶。

子由就是苏轼的弟弟苏辙。苏轼经过当年两人赶考时借宿的寺庙，发现当年的老僧已逝，回想起那时的艰辛，有感而发。人生又是什么呢？苏轼给了我们一个别样的答案——就像是飞鸿留在雪泥上的爪印罢了。生命充满着偶然性与不可预知性，时光已逝，生命无常。也许回头看看，当年的困倦，当年的坎坷，都是今日的财富。娓娓道来，诗意盎然。苏轼很能代表宋代文人的气质，他一方面富有学识，另一方面又有一份游戏人生的宽广心胸，充满着生活的热情，这点在他的诗歌中也有反映。苏轼的诗歌常与食物联系在一起，如"荷尽已无擎雨盖，菊残犹有傲霜枝。一年好景君须记，最是橙黄橘绿时"。又若"竹外桃花三两枝，春江水暖鸭先知。蒌蒿满地芦芽短，正是河豚欲上时"。将生活的气息混入高雅的诗歌，生趣盎然。有时苏轼也颇具童趣，他"只恐夜深花睡去，故烧高烛照红妆"，他看雨后的青山如"岭上晴云披絮帽，树头初日挂铜钲"。永不枯竭的生命律动与潇洒乐观的心态是苏轼诗歌的最大魅力。

知识链接：

欧阳修（1007—1072），字永叔，号醉翁，晚号"六一居士"，谥号文忠，庐陵（今江西吉安）人。北宋文学家、史学家，在政治上负有盛名，唐宋八大家之一，也是北宋诗文革新运动的领袖。

　　苏轼（1037—1101），字子瞻，号"东坡居士"，世称"苏东坡"，死后追谥文忠。汉族，眉州眉山（今四川眉山）人。北宋诗人、词人，是豪放派词人的主要代表人物。在政治上属于旧党，但也有改革弊政的要求。其文汪洋恣肆，明白畅达，其诗题材广泛，内容丰富。现存诗3900余首。著有《苏东坡全集》和《东坡乐府》等。

十五、奇绝高峭：语出新奇山谷诗

苏轼是宋代文坛数一数二的人物，不仅在于他对宋诗、宋词、宋文进行创新改良，而且在于他培养出了一批文坛新秀。其中，黄庭坚、晁补之、秦观、张耒被称为"苏门四学士"，在北宋文坛后期发挥着领军作用。

在苏门作家中，黄庭坚的诗歌当属一流。在宋诗发展史上，黄庭坚与苏轼并称"苏黄"，黄庭坚还开创了"江西诗派"，使宋诗在唐诗的影响下，开辟出了一条属于自己的道路。江西诗派是我国文学史上第一个有正式名称的诗文派别。宋徽宗时，吕本中作《江西诗社宗派图》详细记录了门派中各位诗人。诗派成员多数学杜甫。方回在宋末，又把杜甫、黄庭坚、陈师道、陈与义称为江西诗派的"一祖三宗"。黄庭坚（1045—1105），字鲁直，号山谷道人，人称黄文节公。他精于诗歌创作，在

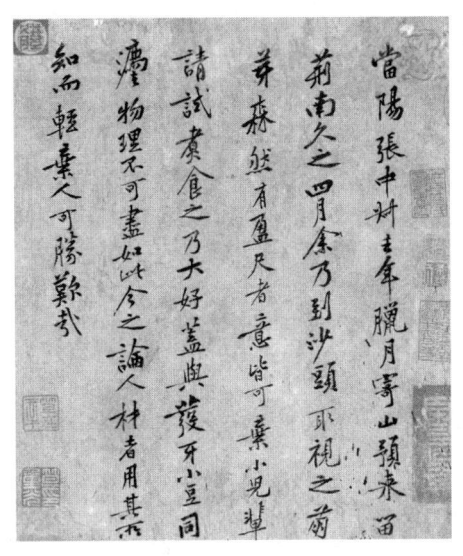

黄庭坚《山预帖》

研习前人创作的基础上，形成了自己的风格。黄庭坚延续宋诗浓厚的文人传统，常吟咏名家书画，或是将书斋中日常用到的笔墨纸砚写入诗歌。浓浓的书卷气是黄庭坚诗歌的一大特点，引经据典暗藏玄机。如他的《和答钱穆父咏猩猩毛笔》，在八句之中连用十二个典故，使诗歌呈现出密码化倾向，文雅和艰深并存。但是黄庭坚并不是一味地追求诗歌的艰涩，他也将目光投向了现实社会，关心社会的变革与弊病，体察黎民百姓的艰辛与苦难，并写下了《流民叹》、《上大蒙笼》等作品。黄庭坚推崇杜甫的创作,追求杜诗那份历久弥新的端庄自重,言语遒劲有力。他在《与王观复书》中评价杜诗:"句法简易,而大巧出焉。平淡而山高水深,似欲不可企及。文章成就,更无斧凿痕,乃为佳作耳。"黄庭坚的《六月十七日昼寝》写得就颇有一番意味:

> 红尘席帽乌靴里,想见沧洲白鸟双。马啮枯萁喧午枕,梦成风雨浪翻江。

这首诗约写于元祐四年(1089)至元祐六年间。此时与黄庭坚亦师亦友的苏轼因政见不合而遭贬谪,黄庭坚于史馆任职,心灵上的孤独与外界纷纷扰扰的喧嚣使他在诗歌的国度中宣泄着情绪。这首诗创造了现实与想象两个世界,诗人的肉体与精神产生了分离,本是坠身红尘,一朝为官,在政治的海洋里沉浮不定,但是他脑海中想的却是沧州白鸟,一片逍遥自在的景象。他的灵魂已经飘然升空,一呼一吸间如遗世而独立。马儿吃着枯草的声音,在黄庭坚看来如江天翻滚,雨洒长河。这似乎是他内心的写照,他的心思百转千回亦如翻江倒海,写出了他对官场生涯的厌倦。沧州白鸟也成为黄庭坚多次使用的意象,如《演雅》中:"江南野水碧于天,中有白鸥闲似我。"又如《次韵师厚病问》中:"梦作白鸥去,江南水如天。"

　　黄庭坚的诗歌颇具个性,他追求"生新",要走出一条与唐诗不同的道路。他认为"文章最忌随人后",要追求新颖,以奇致胜。这表现在他的诗歌创作中,就是想象奇绝,语言硬朗,音韵铿锵。如他写竹子"程婴杵臼立孤难,伯夷叔齐采薇瘦",以程婴抚育赵氏遗孤、伯夷叔齐采薇而食来突出竹子的风骨高洁,用人拟物,实属少见,让人眼前一亮。黄庭坚写水仙,不仅融合了前代辞赋中的佳句,还创造性地运用比喻,将物人格化,并在不同意象中完成一种转换,直至最后上升到禅宗的境界。

> 凌波仙子生尘袜,水上轻盈步微月。
> 是谁招此断肠魂,种作寒花寄愁绝。
> 含香体素欲倾城,山矾是弟梅是兄。
> 坐对真成被花恼,出门一笑大江横。

将水仙比喻成洛神,化用曹植《洛神赋》中的典故,写水仙飘忽独立,本是静立于水中的水仙,却用动态的语句描述,化静为动,摇曳生姿。用"含香体素欲倾城"将水仙比作娇弱含香的女子,接着又说"山矾是弟梅是兄",一刹那间又将水仙比作英武的男子,显出了诗人想象奇绝,挥洒自如。对花凝视,久而久之心中竟生出一丝多愁善感,遂散步江畔,望着滔滔江水,胸中豁然开朗,大笑而去。从安静的水仙,到壮阔的一笑,从小到大，从静到动，忽高忽低，但却呈现出错落有致的和谐。黄庭坚在诗歌结构上也能创出新意，如他写："惠崇烟雨归雁，坐我潇湘洞庭。欲唤扁舟归去，故人言是丹青。"几乎要步入画中。再看看诗歌题目为《题郑防画夹》，方才恍然大悟，这是一首赞画诗，写黄庭坚观画时信以为真。在诗歌的音韵方面，黄庭坚往往打破常规，在声律上制造新奇的效果。如《寄黄几复》中他写道："桃李春风一杯酒，江湖夜雨十年灯。持家但有四立壁，治病不蕲三折肱。"开篇两句完全用意象堆积，却不显得生搬硬套。在泛黄的雨夜，一盏孤灯亮着，一杯浊酒温暖着五脏六腑，江湖之大，却独自一人听着雨声。第三句后五个字完全是仄声，似乎不符合诗歌格律，但却在抑扬顿挫中平添了几分新意，能从中读出胸中不平之意。

当然，黄庭坚的诗歌创新并不是毫无章法，而是自成体系的，他是在大量研习前代作品的基础上，进行自我再创造的。他还提出"点铁成金"的理论，即对唐诗稍加改动，转换为自己的诗句。这也成为向唐诗致敬与学习唐诗的道路之一。

知识链接

"苏门四学士"是北宋文学家黄庭坚、秦观、晁补之和张耒的并称。苏轼是继欧阳修之后主持北宋文坛的领袖人物,在当时享有巨大的声誉,黄、秦、晁、张四人都曾得到他的培养、奖掖和荐拔。苏轼曾说:"如黄庭坚鲁直、晁补之无咎、秦观太虚、张耒文潜之流,皆世未之知,而轼独先知。"

程婴(?—约前583),春秋时晋国义士。为晋卿赵盾及其子赵朔的友人。晋景公三年,大夫屠岸贾杀赵盾,灭其族,朔客公孙杵臼与之谋,婴抱赵氏真孤匿养山中,并故意告发令诸将杀死杵臼及冒充孩儿。后景公听韩厥言,立赵氏后,诛屠岸贾,婴则自杀以报杵臼。

十六，家国忧思：陆游与宋诗中兴

南宋高宗末年到孝宗时期，宋朝诗歌在历经战火硝烟后迎来一个新的高峰，尤以陆游、杨万里、范成大、尤袤最为著名，他们亦被称为"中兴四大诗人"。陆游作为"中兴四大诗人"的代表，着力创作爱国诗歌，一生留下近万首诗篇，用一根如椽大笔记录了风起云涌的社会大潮，用一颗赤子之心描绘了自我的现实境遇。

陆游（1125—1210），字务观，号放翁。他出生第二年即赶上靖康之难，少年时代的他看遍了国家灾难，耳濡目染的都是兵车辚辚，战马萧萧，一颗爱国的种子在他的心中生根发芽。陆游的诗大部分是面向现实的，但是又不平淡枯燥。他常能够将事物与心情的特征抓住，用雄健有力的词语将之描绘刻画。陆游诗歌风格悲壮雄浑，慷慨低沉，情感鲜明浓烈，但在一些小诗中也有工于清新的佳作。抗敌复仇一直是陆游诗歌的重要主题。《唐宋诗醇》曾评价："其感激悲愤、忠君爱国之诚，一寓于诗，酒酣耳热，跌宕淋漓。"陆游的眼一直望向遥远的边界，心系黎民苍生，参军作战成为他心之所向。他曾写下"投笔书生古来有，从军乐事世间无"的句子以明心志。自古诗歌偏重书写从军艰苦，但对于陆游来说，能为国效力，杀敌卫民，再苦他也会甘之如饴。他常常为生民奔走呼号，常用诗歌激励着一代仁人志士的心。如他的《秋夜将晓出篱门迎凉有感》：

三万里河东入海，五千仞岳上摩天。遗民泪尽胡尘里，南望王师又一年！

写出了沦陷区人民的辛酸与渴望，一年又一年的等待，眼泪和着血往肚子里吞，只为了有朝一日能够重回故土。低沉的调子里有一股不甘屈服的韧劲。陆游曾发出慷慨激昂的振臂一呼："呜呼，楚虽三户能亡秦，岂有堂堂中国空无人。"也曾借一个老兵的口吻说出"戍楼刁斗催落月，三十从军今白发。笛里谁知壮士心？沙头空照征人骨"的凄凉现实。

杭州陆游纪念馆中的陆游像

但是困扰他一生的却是满腔热血与报国无门的矛盾，岁月与现实消磨着他火一般的内心，理想犹如绚烂的烟花，终归破灭。

早岁哪知世事艰，中原北望气如山。

楼船夜雪瓜洲渡，铁马秋风大散关。

塞上长城空自许，镜中衰鬓已先斑。

《出师》一表真名世，千载谁堪伯仲间。

从年轻时的意气风发，到双鬓斑白的垂垂老矣，那份豪情壮志已然被磨灭。"塞上长城"，诗人用典明志。南朝时刘宋名将檀道济曾自称"万里长城"，皇帝要杀他，他说："自毁汝万里长城。"陆游以此自许。又写到诸葛亮，他乃千古奇人，但是却壮志未酬身先死。可是千百年来谁又能与诸葛亮比肩呢？从自信满满，到艰苦跋涉，再到心情寥落，愤愤不平，谁人可知？可是现实的打击再大，他也只是发发牢骚，最终仍然坚定地选择了站在需要他的故土上。他在病重之时仍写下"僵卧孤村不自哀，尚思为国戍轮台。夜阑卧听风吹雨，铁马冰河入梦来"。他在临终之际仍不忘告诉儿女"王师北定中原日，家祭无忘告乃翁"。如杜鹃啼血，声声嘶鸣。

陆游的另外一些作品则充满了淡雅清新的生活乐趣，如《游山西村》：

> 莫笑农家腊酒浑，丰年留客足鸡豚。
> 山重水复疑无路，柳暗花明又一村。
> 箫鼓追随春社近，衣冠简朴古风存。
> 从今若许闲乘月，拄杖无时夜叩门。

又如《临安春雨初霁》：

> 世味年来薄似纱，谁令骑马客京华？
> 小楼一夜听春雨，深巷明朝卖杏花。
> 矮纸斜行闲作草，晴窗细乳戏分茶。
> 素衣莫起风尘叹，犹及清明可到家。

在陆游的精神世界中亦有这样一个地方，没有战争的喧嚣，没有家国的仇恨，有的只是一坛醇香的村酿，一张长满皱纹但是却憨态可掬的笑脸。那古朴的村庄似乎是陶渊明笔下的桃花源，隐藏在一片花红柳绿之中，等待着心灵疲倦的诗人汲取生命的养分。第二首诗则写出了陆游对红尘的厌倦，他醉心于书斋，卧听风雨，闲来挥毫。人的一生不可能永远处于昂扬状态，这里或许就是陆游精神的港湾吧！

知识链接：

北宋靖康二年四月，金军攻破东京，烧杀抢掠，俘虏了宋徽宗、宋钦宗父子，以及大量赵氏皇族、后宫妃嫔与贵卿、朝臣等共三千余人北上金国，东京城中公私积蓄为之一空，史称"靖康之难"。

词

古人的生活并不寂寞,他们也会创造各种娱乐活动来丰富自己的生活,只不过随着时光的流逝,原本的通俗艺术变成了雅致欣赏。词曲的起源与音乐有关,至于是起源于何种音乐,研究界众说纷纭。有认为是起源于受胡风影响的通俗的燕乐,有认为起源于中原本土的清乐或法乐,有认为起源于民间乐曲小调,也有认为是源于六朝乐府。乐曲的保存流传并不容易,口头技艺的传承与个体生命的长度往往画上等号,一个人的逝去,很可能就意味着某一项技艺永远淹没在历史的尘埃中了。因此,原本配乐而生的词只保留下了文字,那时人饮酒作乐时的欢欣调子却再也听不到了。现在我们看到的词牌,一些是古人根据前代的文字规律归纳总结而成的,一些是唐宋词人创制的不配乐的词牌。

唐代一些文人已进行了词的创作,如白居易的《忆江南》就是一首脍炙人口而婉转动人的小词。文人将诗歌作为言志的载体,而词不过是为了娱乐,非雅正的创作。晚唐五代时期,随着词的进一步发展,后蜀赵崇祚将18

位文人的词编纂成册，共五百首，称为《花间集》，这也是中国最早的文人词总集。《花间集》的编纂不仅保留了大量的词作品，也为文人词的规范化奠定了基础。词开始向固定的格律、平仄、风格、意境发展。温庭筠是花间词的行家。花间词风浓密稠丽，以女性为主要描述对象。热播电视剧《甄嬛传》的主题曲就化用了温庭筠的"小山重叠金明灭"的词句。南唐的最后一任皇帝李煜也颇为擅长写词，他的人生犹如一场悲喜剧，本是托生帝王家，却又不谙政治，最终国破家亡。然而，家国不幸的苦难却激发了他创作词的热情，他将自己的不幸与愁怨酿成了一首首精美的词，"问君能有几多愁，恰似一江春水向东流"。

词到了宋代开始展现出它独特的艺术魅力。宋词最初的兴起是小令，小令是将词按照字数进行划分的结果。清毛先舒《填词名解》说："五十八字以内为小令，五十九字至九十字为中调，九十一字以外为长调。"尽管这种说法显得略为机械，但却可以看出小令的特点。宋词的另一种划分是根据词的音乐节奏，将词划分为"令、引、近、慢"四种。宋初的小令以晏殊的创作为代表。晏殊身居高位，是一代政治要人，他的人生不可谓不圆满，但也正是在这种圆满中生发出的不安使他感慨生命与时间的易逝，他也才会写出饱含着哲理与感慨的词句——"无可奈何花落去，似曾相识燕归来"。晏殊的儿子晏几道同样擅长小令，在慢词开始繁盛的时期，晏几道依旧坚持其父所开创的小令的道路，创作了《小山词》。晏几道一生并不顺利，因此他的词并不如晏殊词那样委婉高雅，而是一种低声呓语，是说给自己的话，说给心上那些或许永不再见的人的箴言。

真正让宋词创新并走向辉煌的词人是柳永。对于柳永，我们有太多的话可以说。他的一生可以用一个形象概括——浪子。他是个有才华的浪子，这是他的幸，亦是他的不幸。他情场得意，一生颇得风尘女子的眷顾，以至于死后都由她们共同出资殓葬，因为他懂她们。他科场失意，只因为太过骄傲张扬，一句"忍把浮名，换了浅斟低唱"断送了一世功名，于是他自比"白衣卿相"。柳永对于词坛的贡献在于他创制了百余种新的词调，并着力于慢词的创作使宋词的境界更为广阔，因为字数的增加使得词在抒情达意方面更加细腻，更有发挥的空间。柳永真正关注到了女性的美，关注到了她们命运中的悲剧因素，与此同时，柳永也用一支笔描述着北宋都城的风华绝代。词，不仅仅是情绪的传递，在某种程度上也为我国城市文化史增添了一抹别样的亮色。

苏轼作为北宋文坛巨擘，诗、词、文俱有建树。在词的创作上，苏轼首开豪放词的先河。词不再是哀婉的绮靡之作，苏轼为之注入了刚健与激昂的血液。时人曾道："柳郎中词，只合十七八女郎，执红牙板，歌'杨柳岸晓风残月'。学士词，须关西大汉，铜琵琶、铁绰板，唱'大江东去'。"词在苏轼手中不仅仅可以抒情，更可以言志、悼亡、怀念亲友，情之深如"十年生死两茫茫，不思量，自难忘"，情之壮如"会挽雕弓如满月，西北望，射天狼"，情之切如"但愿人长久，千里共婵娟"。在苏轼之后，辛弃疾继承了豪放派的衣钵，他的词在壮阔的同时又增添了一分爱国的豪情。辛弃疾将词的表现领域进一步扩大,它不仅可以抒情言志,还可以议论说理,词的触角深入到生活的各个角落,并开始对诗歌进行借鉴,以文为词。

两宋之交的李清照是不得不说的一位女词人。她家境优裕,青年时又与丈夫赵明诚琴瑟和谐,因此,她前期的词作犹如一幅高雅清新的仕女画,描绘出一份闲逸与少女的快乐。但是到了中年时期,国破家亡的打击使她的词中弥漫着无可排解的哀愁,从那一句"寻寻觅觅,冷冷清清,凄凄惨惨戚戚"中,我们能体会到那种失去爱侣、流离失所的焦虑与哀怨,犹如一只离群的孤雁,在浩渺的天空中,找不到一个温暖羽毛的枝桠。或许只有词的那份散乱与朦胧,才能将这份心绪描摹一二吧。

一、华章初现：词早期发展流变

在中国文学发展史上，词是一种重要的表现形式。在中唐时期，词的基本体式已开始建立，它的产生与音乐、诗歌有着千丝万缕的联系。词在唐五代时期常被称为"曲子词"，从这种叫法上能看出音乐对词的重要性。在文学体式上，词最早的作用是配乐演唱，因此在词篇的开头会确定词调，从而在大体上确定词的长短字数。大部分词都会分片，词句并不像诗歌那样每一句都有着较为整齐的排列，而是长短交错，杂而不齐。

伴音而生：词的口头化与音乐化

中国文学的早期发展常伴随着音乐的推动，如《诗经》的某些篇章用于祭祀演奏，汉魏乐府诗也曾配以管弦。词与乐府的差别在于，乐府诗一般是先有辞章后配音乐，而词则是先有音乐，再配以辞章。只不过随着时间的流逝，音乐这种不易通过纸张承载的艺术形式消逝于漫长的历史岁月中了，而词则通过记录得以保存，通过文人的改良创造得以成为新的文学样式。词早期形成时，是依曲谱来填词的，但是随着音乐的失传，寻找旧日的曲谱几乎不可能，所以文人们只能以前代传世的词作为范本，对照其字数、平仄，研究、总结出一套词谱。词的发展与燕乐的兴起有着密切的关系。燕乐是唐朝时期的俗乐。随着唐朝中央与少数民族间的交往互动日益密切，西域乐器进入日常生活，在一些节日娱乐、酒宴欢聚的场合，一曲燕乐伴着一首词，颇能带动气氛。

词在早期并没有出现大规模的创作群体，也没有出现专注词创作的文人，但是却有一些诗人尝试过词的写

敦煌壁画胡旋舞

作。最著名的要数白居易的三首《忆江南》：

　　江南好，风景旧曾谙。日出江花红胜火，春来江水绿如蓝。能不忆江南？

　　江南忆，最忆是杭州。山寺月中寻桂子，郡亭枕上看潮头。何日更重游？

　　江南忆，其次是吴宫。吴酒一杯春竹叶，吴娃双舞醉芙蓉。早晚复相逢？

我们虽然不能确定白居易《忆江南》的创作背景，但是可以通过刘禹锡的一段话进行推测——"和乐天春词，依《忆江南》曲拍为句"。这句话表明这首词是以曲为基础的，这就与诗歌有了较为明显的区别。白居易的《忆江南》三首如同一组江南水墨画，三幅小景，都是从记忆中截取的最美的片段。江花红艳映初阳，绿水澄澈伴春来，三秋桂子垂月影，一江潮水入梦中，一杯清酒藏春色，不及吴中软语香。白居易的这首唱词融合了江南民歌的清丽简洁和诗歌的情景交融，伴以朗朗上口、长短交错的句子，展现出了词的独特魅力。当时文人进行词的创作并不少见，如韦应物的《调笑令》："胡马，胡马，远放燕支山下。跑沙跑雪独嘶，东望西望路迷。迷路，迷路，边草无穷日暮。"这首词描写了一派萧瑟的塞外景象，一匹孤马惘然若失，一份孤独落寞的情感油然而生。《调笑令》是唐代重要的曲调名,诗人戴叔伦亦作词相和,即以韦应物的最后一句"边草"为开篇。此词可能为酒令时的创作。

词在民间也一直拥有着很深的根基,但是由于缺少文人记录,关于民间词创作的情况一直未受关注。直到1900年敦煌藏经室的开启,一大批无名氏的民间词被发现,才使今人能够看到当时民间词创作的全貌。《云谣集杂曲子》是其中的代表。这些词呈现出朴质的文风,题材广泛,既有男女思情,又有对社会现实的描述。如写思妇征夫的《凤归云》:"想君薄行,更不思量。谁为传书与,表妾衷肠……一炉香尽,又更添香。"如描写女子思嫁的《竹枝子》:"口含红豆相思语,几度遥相许。"如写征战辛苦的《破阵子》:"年少征夫堪恨,从军千里余。为爱功名千里去,携剑弯弓沙碛边。抛人如断弦。"民间词处于词的草创阶段,因此在词句字数上往往还不固定,押韵也较为随意,语言颇具有民间戏谑风味与生活的热辣,尚未形成完整系统的创作规格。如一首《菩萨蛮》:"枕前发尽千般愿,要休且待青山烂。水面上秤锤浮,直待黄河彻底枯。白日参辰现,北斗回南面。休即未能休,且待三更见日头。"这首词描述了六种几乎不可能实现的场景,以生动娇憨的口气表现情侣间的信誓旦旦，颇具情调。

知识链接：

燕乐：隋唐至宋代宫廷宴饮时供娱乐欣赏的艺术性很强的歌舞音乐，又称宴乐。宋人沈括在《梦溪笔谈》中说："先王之乐为雅乐，前世新声为清乐，合胡部者为宴乐。"隋唐燕乐继承了乐府音乐的成就，是汉族俗乐与境内其他民族以及外来俗乐相融合而成的宫廷新音乐。

1900年6月22日，敦煌莫高窟下寺道士王圆箓在清理积沙时，无意中发现了藏经洞，并挖出了公元4世纪至11世纪的佛教经卷、社会文书、刺绣、绢画、法器等文物五万余件。但是因无人认识洞内这批古物的价值，大批珍宝文物被外国探险者运走，流落他国。

花间月下：晚唐五代的词艺发展

晚唐五代时期，后蜀赵崇祚将18位文人的词编纂成册，共五百首，史称《花间集》，这是中国最早的文人词总集。《花间集》的编纂不仅保留了大量的词作品，也为文人词的规范化奠定了基础。词开始向固定的格律、平仄、风格、意境发展。《花间集》中最主要的两位词人是温庭筠和韦庄。温庭筠更是被称为"花间鼻祖"，两人的词风也颇能代表整个《花间集》的风格。温庭筠多写闺中女子生活，笔触细腻，语言华丽，用词绵软，作品颇具意蕴，如《梦江南》：

> 梳洗罢，独倚望江楼。过尽千帆皆不是，斜晖脉脉水悠悠，肠断白苹洲。

女子的静态与水波的动态形成了鲜明的对比，千帆已过，思人不归的那份焦虑与无奈都伴着流逝的滔滔江水，愈来愈浓，愈断肠。温庭筠的词大多风格婉约稠密，似浓妆艳抹的美人，在一片香气袅袅中来到人间。

> 小山重叠金明灭，鬓云欲度香腮雪。懒起画蛾眉，弄妆梳洗迟。照花前后镜，花面交相映。新贴

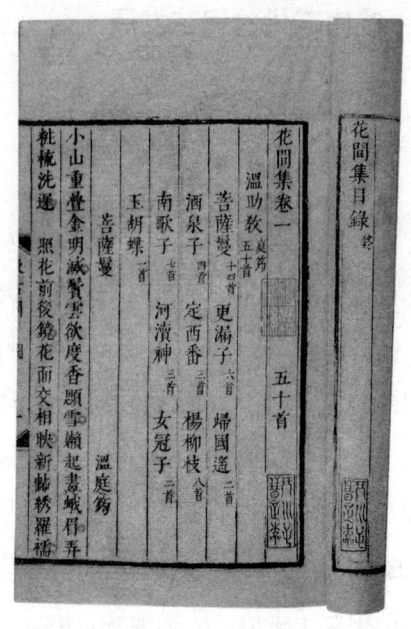

《花间集》书影

绣罗襦,双双金鹧鸪。

一首《菩萨蛮》道出了温庭筠的词风特点,娇柔的女子、黛色的小山眉、镜中那明艳的面容和氤氲着芬芳的花朵。在一个封闭空间中,一股时间的凝滞感伴随着奢华精致的摆设入人心脾,如精工细笔的仕女图,华贵艳丽,深沉含蓄中有一份落寞。温庭筠这样的词作还有很多,如:"画罗金翡翠,香烛销成泪。花落子规啼,绿窗残梦迷。"又如:"无言匀睡脸,枕上屏山掩。时节欲黄昏，无聊独倚门。"

李煜，李后主，一位亡国的帝王，一位悲情的词人，生于帝王家或许是他一生最大的无奈与悲哀。李煜具有极高的艺术天赋，同时他多愁善感的性格也使他有着极其敏锐的感知力。前半生的荣华富贵带给他感官上的极致享受，后半生的委身敌国使他的悔恨与真情倾泻无遗。李煜词的宝贵在于他将辞藻与真情融汇在一起，读之如泣血，如泪流，如这首《虞美人》：

> 春花秋月何时了，往事知多少。小楼昨夜又东风，故国不堪回首月明中。
>
> 雕栏玉砌应犹在，只是朱颜改。问君能有几多愁，恰似一江春水向东流。

这首让他失去了生命的词句是他心情的总结，他没有丝毫掩饰那份浓郁的故国之思。往事如烟，烟消云散后就连那春花秋月也似愁云惨淡。幽禁在小楼里，明月皎皎中最不敢望去的方向就是那里——那个有着雕栏玉砌的宫殿，那个有着祖先记忆的家国。问君能有几多愁？问君能有几多愁！呵！恰似一江春水，向，东，流……美好的东西总是易碎的，珍惜的东西都是曾经拥有而又失去的。李煜只有在梦中才能获得一份安心吧——"梦里不知身是客，一晌贪欢"，但是梦总是会醒来的，曾经的无限江山,今日的山河破碎,他只能长叹一句"别时容易见时难。流水落花春去也,天上人间"。"人生愁恨何能免"呢?不过是"往事已成空,还如一梦中"罢了。李煜的几首小词写得也颇能动情,如两首《相见欢》:

无言独上西楼,月如钩。寂寞梧桐深院锁清秋。

剪不断,理还乱,是离愁。别是一般滋味在心头。

林花谢了春红,太匆匆,无奈朝来寒雨晚来风。

胭脂泪,留人醉,几时重,自是人生长恨水长东。

李煜的词塑造了一个孤独的个体,他的话从来不能直说,但是又不得不说,因此他只能用含蓄的语言将内心的孤独与悔恨编织成词句。林花落,梧桐老,离愁心思谁人知?

知识链接

李煜,五代十国时南唐国君,961—975年在位。南唐元宗李璟第六子,于宋建隆二年(961)继位,史称李后主。开宝八年,宋军破南唐都城,李煜降宋,被俘至汴京,封为违命侯。后因作感怀故国的名词《虞美人》而被宋太宗毒死。李煜虽为亡国之君,但其艺术才华非凡,精书法,善绘画,通音律,诗和文均有一定造诣,尤以词的成就最高,被称为"千古词帝"。

二，才子词人：便自是白衣卿相

柳永，是一个值得被词坛铭记的名字，因为他将宋词的创作带上了一个高度，宋词从此成为了宋代文学的代名词。他是风流才子，他是落魄文人，他发现了北宋都市的繁华，他沉醉于女人的温柔之乡。他虽然仕途坎坷，但是名遍教坊，以至于"凡有饮水处，即能歌柳词"。他潦倒一生，最终靠青楼歌女凑钱将他安葬，不幸耶？幸耶？

桀骜多情：不以浅唱换浮名

柳永对宋词的贡献在于他极大地发展了慢词。在柳永之前，小令一直统治着词坛。小令虽短小精悍，但却铺陈不开，不适合复杂感情的表达。一般的小令多为五六十字，而柳永创作的最长的慢词《戚氏》多达212个字。慢词的发展为宋词的繁荣开辟了新的疆域，使宋词能够在意蕴隽永与缠绵悱恻中各寻平衡。同时，在两宋词坛上柳永是创新词调最多的词人，复杂多变的形式为后世词人奠定了创作基础。柳永词的风格是变雅为俗，以俗为雅。他的词不像欧阳修那样描述文人生活与对生命律动的思考，他因常年混迹于市井坊肆与花街柳巷，满眼看到的都是充满酸甜苦辣的真实的市民生活。

柳永词的重要题材是女性，他用平等与珍惜的态度去感受女性，他能够读懂她们的相思与等待，读懂她们的煎熬与苦痛。即使是沦落青楼教坊的女子，他也是怀有一股怜惜之情。如他的《凤衔杯》：

> 有美瑶卿能染翰。千里寄、小诗长简。想初襞苔笺，旋挥翠管红窗畔。渐玉箸、银钩满。锦囊

收,犀轴卷。常珍重、小斋吟玩。更宝若珠玑,置之怀袖时时看。似频见、千娇面。

福建省武夷山柳永纪念馆

一位女性知己千里寄书,柳永用一颗真心收藏。他想象着她舞动着轻纱袖,玉手执红管,秀气的思念倾泻在素纸上。他将这份简牍放置在袖中,不时拿出赏玩,似乎能从那点点墨痕中看到那千娇百媚的回眸一笑。

柳永词中的女性往往是坦率的,她们的感情是直接而大胆的,那份浓密的情感是她们内心真实的声音。如《蝶恋花·伫倚危楼风细细》:

伫倚危楼风细细,望极春愁,黯黯生天际。草色烟光残照里，无言谁会凭阑意。

  拟把疏狂图一醉，对酒当歌，强乐还无味。衣带渐宽终不悔，为伊消得人憔悴。

思妇独自倚靠在楼上，看细雨纷纷，远远望去只有一片烟草朦胧，世界的喧嚣都与她没有一丝一毫的关系，谁又能知道她内心的煎熬呢？她醉酒，惟愿酒精的麻痹能带来哪怕是虚假的片刻欢乐。情比金坚不需要什么言语，只看她"衣带渐宽终不悔"，只为伊人，憔悴无悔。而对比晏殊描写思妇凭楼——"昨夜西风凋碧树。独上高楼，望尽天涯路。欲寄彩笺兼尺素。山长水阔知何处"。晏殊词中的女子思情含蓄，欲说还休，矜持迷离，而柳永词则浓密炽烈，直白大胆。柳永的词平实，他写女子："针线闲拈伴伊坐。和我，免使年少，光阴虚过。"他写妓女："万里丹霄，何妨携手同归去。"读之令人莞尔一笑，真是多情才子。

柳永是词人，也是浪子，他也曾应考进士，但是却落榜了。或许这是时运不济，又或许这是命中注定。他写下了一首名垂千古的《鹤冲天》：

  黄金榜上，偶失龙头望。明代暂遗贤，如何向？未遂风云便，争不恣狂荡？何须论得丧。才子词人，自是白衣卿相。

> 烟花巷陌，依约丹青屏障。幸有意中人，堪寻访。且恁偎红倚翠，风流事，平生畅。青春都一饷。忍把浮名，换了浅斟低唱！

有落榜的失落，有怀才不遇的牢骚，有自我安慰的慰藉，有风流不羁的浪荡。好一句"才子词人，自是白衣卿相"，好一句"忍把浮名，换了浅斟低唱！"从此柳永开启了羁旅行役的生涯，宦海沉浮，浪迹天涯，个中苦闷又有谁能够理解呢？在那远离佳人的夜里，唯有寒夜与酒伴随着词人，真是"乍觉别离滋味，展转数寒更，起了还重睡"。但那份悔恨与无奈又怎么能够轻易消除呢？他"酒力全轻，醉魂易醒，风揭帘栊，梦断披衣重起"。他辜负了太多人，辜负了自己的心，辜负了爱人的泪，可又能怎么办呢？只能道一句"系我一生心，负你千行泪"。柳永将所有说不出的话语都在词中表达，一首《雨霖铃》横空出世：

> 寒蝉凄切，对长亭晚，骤雨初歇。都门帐饮无绪，留恋处，兰舟催发。执手相看泪眼，竟无语凝噎。念去去，千里烟波，暮霭沉沉楚天阔。
>
> 多情自古伤离别，更那堪冷落清秋节！今宵酒醒何处？杨柳岸，晓风残月。此去经年，应是良辰好景虚设。便纵有千种风情，更与何人说？

一份情,两人苦,三秋时节,四目相对,百般思情,千里烟波万缕愁。有真情的词句不需要过多的解释,只需要读出来,就能够被深深感动。不过柳永又是幸运的,虽然人生有种种坎坷,但总是"幸有意中人,堪寻访",这也成为对无数夜晚孤独寂寞的安慰。

知识链接

据吴曾《能改斋漫录》载:"初,进士柳三变好为淫冶讴歌之曲,传播四方。尝有《鹤冲天》词云:'忍把浮名,换了浅斟低唱。'及皇帝临轩放榜,特落之曰:'且去浅斟低唱,何要浮名!'"

风华绝代：柳永笔下的宋都辉煌

如果用一个词来形容对宋代的感觉，或许第一个想到的词就是"风华绝代"。中国每一个朝代都有属于自身的内涵与气质，至于宋，则是中国文化繁荣多样的高峰，就像一台戏，熙熙攘攘，浓妆艳抹，眼睛里是看不完的繁华，可是一转身却又一曲终了，烟消云散，只叹一声"何处觅芳华"。也只有在这样的一种都市文化氛围中，才能孕育出柳永词的独特风格。北宋的都市是繁华的，这种繁华在我们现在可能是无法想象的，柳永词中不惜笔墨地描写了这种都市的繁华。如"连云复道凌飞观。耸皇居丽，嘉气瑞烟葱茜。翠华宵幸，是处层城阆苑"（《倾杯乐》）的汴京，"晴景吴波静练，万家绿水朱楼"（《木兰花慢》）的南京，"万井千闾富庶，雄压十三州"（《瑞鹧鸪》）的苏州，"三秋桂子，十里荷花"（《望海潮》）的杭州。这种繁华带来的是一种包容性。在城市中存在着不同阶级，他们的审美倾向、文化认同并不相同，但是在北宋的都市文化中，不同的倾向与诉求很好地融合在一起，使得北宋的都市文化不再是单一的，而是多层次立体化发展的，不同类型的文化可以相互欣赏，相互借鉴，雅俗兼具，热闹非凡。如他在《一寸金·井络天开》中写道："地胜异、锦里风流，蚕市繁华，簇簇歌台舞榭。雅俗多游赏，轻裘俊、靓妆艳冶。"这点在柳永词中有着很明显的体现。

《清明上河图》局部

柳永本身就具有雅与俗的双重性。柳永的父亲柳宜于宋太宗雍熙二年（985）登进士第，官至工部侍郎，柳永亦在景祐元年（1034）登进士第。《福建通志》卷一七五称柳永登第后"调睦州团练推官。皇祐中，历任屯田员外郎"。可以说柳永出身仕宦人家，因此他的文化倾向中含有士人文雅的部分。春日郊游，王孙结伴，文人雅集，登第踏尘，以及皇家政治活动等都见诸于柳词。《女冠子·淡烟飘薄》中写文人聚会："以文会友，沉李浮瓜忍轻诺。"亦有《玉蝴蝶·望处雨收云断》中的"难忘，文期酒会，几孤风月，屡变星霜"。对于士人来讲，考取功名是人生中一件重要的事情，而登第的进士游宴，就成为很具有代表性的都市文化场景。柳永在《柳初新》中对此进行了详细的描写——"别有尧阶试罢。新郎君、成行如画。杏园风细，桃花浪暖，竞喜羽迁鳞化。遍九陌、相将游冶。骤香尘、宝鞍骄马"。柳永极尽描写喜悦之情，渲染着新科进士春风得意的骄傲之情，一时汴京城暖，花苑风细，踏花归去，宝马香尘。作为对社会上层阶级的描写，柳永没有直接描写欢宴场面，没有刻意渲染如何行乐，但却将一切的场景融入对环境的描写中，因而与那些直接描写欢宴酒醉、笙歌艳舞的词相比就多了一层别样的韵味。

但是柳永的词并没有仅仅停留在士大夫雅集游宴上，柳永虽是仕宦之人，其仕途却是颇为坎坷的，屡试不第。宋翔凤《乐府余论》谓柳永："及第时已老。"他的热情与爱好还是根植在市井中，在政治失意时，他并没有像很多前代文人一样向往着不问世事的隐居生活，而是用市井的繁华来慰藉内心。他怀念的还是秦楼永昼、赠笑千金、酬歌百啭的日子，于是也就有了他那"忍把浮名，换了浅斟低唱"的名句。这是柳永与其他士大夫所不同的地方。柳永对于都市文化的一个贡献是将"城市"与"世俗"真正列入文学表达的范围中。虽然在初唐时期也出现过一些都城诗，如卢照邻的《长安古意》，但其描写的是"玉辇纵横过主第，金鞭络绎向侯家"的贵族生活。而柳永则发现了都市中的人，这些人不再局限于王公贵族，而是市井中人，有妓女，有少年，有许许多多并没有名字的市民们。他们的生活是真实鲜活的，有着不同于贵族大气儒雅的嬉笑怒骂与热闹繁华。柳永对于都市中的市民文化、俗文化，以一种真心欣赏的眼光来看待，因此柳词中记录了大量市井文化的场景。

柳词中表现北宋都市文化最具有时代特点的是北宋都市繁华的夜生活。北宋与前代相比打破了城坊制度并撤销了夜禁制度，东京城内当时形成了两处较大的夜市，一是御街上的州桥夜市，二是马行街夜市。在黑夜的映衬下，北宋都城的婉转风流更显得分外令人向往。北宋的夜是璀璨的，正如《迎新春》中描写的："列华灯、千门万户。遍九陌、罗绮香风微度。十里然绛树。鳌山耸、喧天箫鼓。"这里呈现出一种绚烂、一种锣鼓敲打的热闹氛围，人们无需再关心时事，各个都欢天喜地地欢宴，仿佛没有明天一样地狂欢。这种夜的狂欢将整个北宋推向了一个享乐的高潮,一种极尽奢华的欢愉。这种欢愉已经深深地融入了柳永的血液中,以至于他每每回忆起帝都的繁华夜晚——"月华边,万年芳树起祥烟。帝居壮丽,皇家熙盛,宝运当千。端门清昼,觚棱照日,双阙中天。太平时、朝野多欢。遍锦街香陌,钧天歌吹,阆苑神仙"(《透碧宵》)。

这种夜生活与市民文化有着紧密联系。市民是北宋都市文化的物质提供者,瓦肆是东京市民夜间活动的主要场所。据《东京梦华录》记载,崇、观以来,在京瓦肆伎艺有:张延叟,《孟子书》。主张小唱:李师师等。嘌唱弟子:张七七等。诸般杂剧:杖头傀儡任小三等。柳永写下了很多关于市井宴会的词作,如《笛家弄·花发西园》:"帝城当日,兰堂夜烛,百万呼卢,画阁春风,十千沽酒。未省、宴处能忘管弦,醉里不寻花柳。"又如《戚氏》:"帝里风光好,当年少日,暮宴朝欢。况有狂朋怪侣,遇当歌对酒竞留连。"北宋的都市是个不夜城,每当夜晚来临的时候,随着千家万户燃起盈盈的灯火,随着歌楼酒肆飘出美妙的歌声,北宋的都城宛若跌落在黑色天鹅绒上的钻石,璀璨而骄傲地绽放着。夜,是北宋都市文化中一个浓重而华丽的音符。

从柳永的词作中还可以看出风俗节气在北宋都市文

化中的重要作用。中国是一个重视传统习俗的国家，正月十五元宵节，七夕乞巧，清明踏青，不仅仅是对传统的延续，更成为都市文化繁荣的一个契机与见证。《迎新春·嶰管变青律》云："嶰管变青律，帝里阳和新布。晴景回轻煦。庆嘉节、当三五。列华灯、千门万户。遍九陌、罗绮香风微度。十里然绛树。鳌山耸、喧天箫鼓。渐天如水，素月当午。香径里、绝缨掷果无数。更阑烛影花阴下，少年人、往往奇遇。太平时、朝野多欢民康阜。随分良聚。堪对此景，争忍独醒归去。"柳永毫不吝惜笔墨地勾画着上元灯节的喧嚣场景，开篇描述天气温暖和煦，紧接着写陈设的繁丽，华灯齐列，鳌山高耸。最后落脚到人上，这些人不仅包括王公贵族，也包括布衣百姓，他们"绝缨掷果"，尽情地释放着欢乐的热情。他们亦在"阑烛影花阴下"，低声软语，于这十五圆月下，成就一段佳缘奇遇。柳永对于这些民俗活动从来不是站在一个旁观者的角度来看，而是以十二分的热情去参与，就好像一滴水融入大海那么自然。我们可以想象，微醺的柳永，是怎样摇曳在狂欢的路上，嘴中含糊不清地嘟囔着"怎忍独醒归去"，脸上挂着满足的笑容。

不仅仅是元宵节，柳永对于都市风俗的体会是广泛的，他笔下的七夕节也同样别有一番风味——"炎光谢。过暮雨、芳尘轻洒。乍露冷风清庭户，爽天如水，玉钩遥挂。应是星娥嗟久阻，叙旧约、飙轮欲驾。极目处、微云暗度，耿耿银河高泻。闲雅。须知此景，古今无价。运巧思、穿针楼上女，抬粉面、云鬟相亚。钿合金钗私语处，算谁在、回廊影下。愿天上人间，占得欢娱，年年今夜"。这首词写得雅俗共赏，写出了七夕的韵味。用玉钩来写新月，整个世界是那么的澄澈清朗。暮雨过后，一片清新，整个世界仿佛是浸润在潺潺流水中的琉璃。仰头望天，耿耿星河，无声地倾泻。下片转向世俗生活，写女孩们如何乞巧——"运巧思、穿针楼上女，抬粉面、云鬟相亚"。据孟元老《东京梦华录》记载："至（七月）初六日、七日晚，贵家多结彩楼于庭，谓之'乞巧楼'……妇女望月穿针。或以小蜘蛛安合子内，次日看之，若网圆正，谓之'得巧'。里巷与妓馆，往往列之门首，争以侈糜相尚。"七夕成为都市女孩们盼望的节日，她们虔诚地守望，暗含着对美好爱情的期许与憧憬。对于这种都市文化，柳永也化用了白居易《长恨歌》中"但教心似金钿坚，天上人间会相见"的句子，写下了"愿天上人间，占得欢娱，年年今夜"。

柳词中亦有对清明节踏青的描写，如《木兰花慢》中写道："拆桐花烂漫，乍疏雨、洗清明。正艳杏烧林，缃桃绣野，芳景如屏。倾城，尽寻胜去，骤雕鞍绀幰出郊坰。风暖繁弦脆管，万家竞奏新声。盈盈，斗草踏青。人艳冶、递逢迎。向路傍往往，遗簪堕珥，珠翠纵横。欢情。对佳丽地，信金罍罄竭玉山倾。拚却明朝永日，画堂一枕春醒。"一个"倾城，尽寻胜去"，那种繁华迷乱的气势展露无遗。真是都市繁华，杏花红如火，仿佛被这热闹染红了一般，微风软的让人觉得痒，又兼有丝竹管弦，而"遗簪堕珥，珠翠纵横"总是让人不禁想起那"遗钿堕舄，瑟瑟玑琲，狼藉于道，香闻数十里"的杨贵妃。更兼有少女踏青，天真烂漫。面对此情此景，柳永怎能不心神荡漾，果然他又以极大的热情投入其中，吟得一句："拚却明朝永日，画堂一枕春醒。"

北宋都市文化在柳永词中还有一个重要的体现就是都市的酒文化。虽然"酒"对于文人来说并不陌生，但是在柳永词中，酒成为了都市繁华的一个文化符号，融入到了柳永的词中。酒是北宋都市的催化剂，没有它，很多放纵与疯狂是无法得到宣泄的。柳永在其《看花回》中写道："画堂歌管深深处，难忘酒盏花枝。醉乡风景好，携手同归。"北宋都市的夜晚定是飘着酒香的，你也许辨得出那"蓝桥风月",你也许会手执"玉壶春",你也许会看到一个晚归的文人"初更过,醺醺醉"。在北宋这个风华绝代的朝代里,饮酒寻乐、借酒销愁不再是男人们的专利,同样也是女性们的爱好。在《望远行》中柳永就描写了这样一个女子——"凝睇。消遣离愁无计。但暗掷、金钗买醉。对好景、空饮香醪,争奈转添珠泪"。从北宋都市的酒文化中还可以看出浓厚的商业气氛,生意的红火,酒肆的繁华。

在柳永的眼中,都市是一个迷人而又迷情的温柔乡,他极尽笔力去刻画描写,让我们体会到了那芳华绝代的过往。但也是这都市生活的绚烂,给柳永的后半生带来了欲忘不能、欲说还休的追忆与怀念,甚至成为他内心无法愈合的伤口。柳永半生仕宦漂泊,在羁旅途中,最令他思恋的就是都市生活与文化,于是他说"想帝里看看,名园芳树,烂漫莺花好,追思往昔年少","惊回好梦,梦里欲归归不得"。当所有的繁华灰飞烟灭的时候,他也只能发出这样一句感慨——"彩云易散琉璃脆"。当年都市的繁华,已经凝成一滴浓墨,书写于历史的黄卷之中,当你打开那尘封的书卷,你才会惊叹于那繁华喧嚣的天上人间。

知识链接

《东京梦华录》是宋代孟元老的笔记体散文，是一本追述北宋都城东京开封府城市风貌的著作。所记大多是宋徽宗崇宁到宣和年间北宋都城的情况。《东京梦华录》大致包括这几方面的内容：京城的外城、内城及河道桥梁、皇宫内外官署衙门的分布及位置、城内的街巷坊市、店铺酒楼、朝廷朝会、郊祭大典及当时东京的民风习俗、时令节日、饮食起居、歌舞百戏等等。

三、大江东去:别是一番天地开

苏轼是北宋文坛的高度,他在诗、词、文等多个领域都取得了开拓性的建树。宋词经柳永之手,在体式上已经打开了一条道路,但是他的词仍大多集中在女性身上,虽然有一股新鲜的市井气息,有时却显得缺少人生的哲思与沉淀。当时的文人士大夫,还将词看作是聊佐欢娱的消遣之作,词的地位并不能和言志的诗歌相提并论。而力转这一风气的就是苏轼。

苏轼

自是一家：苏轼词风的创新

苏轼的一个重要的词学理论是认为词与诗的区别仅在于表达形式上，词同样能够承载情志，以长短句言说心中事。在他的《沁园春·赴密州早行马上寄子由》中，苏轼写道："有笔头千字，胸中万卷，致君尧舜，此事何难。用舍由时，行藏在我。袖手何妨闲处看。"苏轼一生仕途坎坷，几遭贬谪，以至于有一肚子的不合时宜。在这首寄给弟弟子由的词中，他抒发了郁积于胸中而不得释放的才志，他骄傲于胸中万卷典籍，他失落于现实的政治环境。苏轼并没有因此孤愤落寞，只是潇洒地转身，一句"袖手何妨闲处看"表明了自己对心灵主动权的牢牢掌握。从这句词已经能够看出词的地位有所上升。苏轼善于将自我精神的诉求融会在所见所闻中，颇具有诗歌借景抒情之妙，如一阕《定风波·莫听穿林打叶声》：

莫听穿林打叶声，何妨吟啸且徐行。竹杖芒鞋轻胜马，谁怕？一蓑烟雨任平生。

料峭春风吹酒醒，微冷，山头斜照却相迎。回首向来萧瑟处,归去,也无风雨也无晴。

一群人跋涉山间,却遇到意想不到的细雨,敲打着新绿的竹叶,众人都狼狈躲雨,只有他是不怕的,他脚踩芒鞋,拄杖独行,他就是苏轼。苏轼总能够用一份豁达与真心面对人生种种困境,于欢乐中尽情享受,于困苦中悠然自在,就像这一场烟雨,唯有他能够领略到春风吹雨的朦胧,感受到那份令人惬意的微冷。最后一句"归去,也无风雨也无晴",就如一首琴曲的收尾,音韵渐稀,余味长存,只有看透了生命的大苦难与大欢乐才能如此旷达。

苏轼《潇湘竹石图》

苏轼将词的题材进一步拓宽,词可以怀友送别,词可以感怀悼亡。苏轼在词的开头往往记以小序,点明何时何事而作,使诗词的界限进一步缩小。在《水调歌头·明月几时有》中,他就写道:"丙辰中秋,欢饮达旦,大醉。作此篇,兼怀子由。"他走笔如行云流水,醉中文采激昂,一首隽永的中秋词不知惊艳了多少人的心。

> 明月几时有?把酒问青天。不知天上宫阙,今夕是何年?我欲乘风归去,又恐琼楼玉宇,高处不胜寒。起舞弄清影,何似在人间。
>
> 转朱阁,低绮户,照无眠。不应有恨,何事长向别时圆?人有悲欢离合,月有阴晴圆缺,此事古难全。但愿人长久,千里共婵娟。

苏轼的价值在于他对待生活并不流于偏激,他虽游戏人间,却也用十二分的热情去经营人生,因此他的词饱含着动人之情和浩荡之气。人有悲欢离合,月有阴晴圆缺,似乎在历史的长河中,生命总是有那么一份缺憾。在不知如何消解的过程中,苏轼给了我们答案——用心去面对,坦然地接受,乐观地创造,哪怕是身隔千山万水,只要抬头同望那悬在天边的一轮明月,便能体会到天涯共此时的欣慰。

要以词言志,就要进一步拓宽词境,使词不仅仅局限在婉约的儿女情思上。苏轼在词中掺入了刚劲的力道,唱出了男儿的歌声,乃自是一家,以至于时人曾道:"柳郎中词,只合十七八女郎,执红牙板,歌'杨柳岸,晓风残月'。学士词,须关西大汉,铜琵琶、铁绰板,唱'大江东去'。"苏轼开创了词史上豪放词的创作。《江城子·密州出猎》就描述了这样一场浩浩荡荡的围猎场景:

> 老夫聊发少年狂。左牵黄,右擎苍,锦帽貂裘,千骑卷平冈。为报倾城随太守,亲射虎,看孙郎。
>
> 酒酣胸胆尚开张。鬓微霜,又何妨。持节云中,何日遣冯唐。会挽雕弓如满月,西北望,射天狼。

如浪卷平沙吞吐云雾般气魄雄厚,老当益壮却又有少年豪情。苍狗在左,雄鹰在右,万马奔腾,酒壮英雄胆,双鬓斑白但是雄心未改。一挽雕弓画出力道的弧线,远望西北,苍穹上,月似钩,昂首射天狼。苏轼创立了豪放词的写作模式,他同时将对历史与人生的感慨融合在词中。他面对赤壁写下"大江东去,浪淘尽,千古风流人物",在一片惊涛拍岸声中,他回首过往,道出"多情应笑我,早生华发。人生如梦,一樽还酹江月"。宋词至此熬出了最纯正的滋味。

穷而后工：黄州一觉铸词情

苏轼人生发生重大转折的起因是"乌台诗案"，这件类似于文字狱的案件开启了苏轼后半生的宦海沉浮。在"乌台诗案"之后，苏轼被贬为黄州团练副使。在黄州期间，苏轼的创作风格经历了较大的变化。

回顾苏轼的人生，其青年时期可谓是意气风发，少年得志，俯仰之间都有一股豪气。嘉祐六年（1061），苏轼参加科举考试，入第三等。这种殊荣在宋朝只有极少数人得到过，这是何等的荣耀。林语堂在《苏东坡传》中这样描写此时的苏轼："苏东坡这时轻松愉快，壮志凌云，才气纵横而不可抑制，一时骅骝长嘶，奋蹄蹴地，有随风飞驰，征服四野八荒之势。"但是也正是少年得意，加深了中年贬谪黄州的苦痛与不安，仿佛昨夜还奔驰在最好的时光里，醒来却已是一场梦。初贬黄州，苏轼体会最多的是孤独。苏轼在中国文坛上是属于交友广泛的人，他曾说过"吾上可陪玉皇大帝，下可以陪卑田院乞儿"，但此时他才真正体会到茫茫天地间无人理解无人陪伴的寂寞。这在他初到黄州的词作中有大量体现,他曾发出"拍阑干,斜阳转处,有谁共倚"的感慨。

初抵黄州的苏轼在创作上还有一定的顾忌,他通过对高洁而又孤傲的梨花的描写,暗暗抒发着内心的愁思——"只忧长笛吹花落,除是宁王"。这暗暗的牢骚中包含着无人欣赏的寂寞,这种寂寞有着砭入骨髓的寒冷,寂静得让人颤抖。苏轼在《卜算子·黄州定惠院寓居作》中发泄着心中的这种苦闷——"缺月挂疏桐,漏断人初静。时见幽人独往来,缥缈孤鸿影。惊起却回头,有恨无人省。拣尽寒枝不肯栖,寂寞沙洲冷"。苏轼当时面对的是"亲友绝交,疾病连年"的处境,而陪伴自己的只有萧疏的梧桐,寂静的夜晚,无枝可依的孤鸿。在此情此景下,苏轼发出了"有恨无人省"的叹息,叹世事无常,知交无人。但是值得注意的是,即使在这样人生的低谷,苏轼依旧发出了"拣尽寒枝不肯栖"的倔强声音,孤独而高傲,让人怜哉!让人敬哉!当一个人在现实中遭受到狂风暴雨的打击时,家人的温暖便成为最好的避风港湾,这对遭受贬谪的苏轼来说同样适用。他从亲情中寻找着心灵的慰藉,他幻想着远在他乡的妻子是如何怀念自己,如何充满温情与爱恋地诉说着她的相思——"君还知道相思苦,怎忍抛奴去。不辞迢递过关山。只恐别郎容易，见郎难"。与此同时，苏轼也深情地等待着他的妻子——"留取曲终一拍、待君来"。也许是刚刚经历了生死离别的磨难，苏轼更明白惜福的含义，明白世事无常后的那份珍重。他于七夕之夜，在黄州的朝天门上握着妻子的手，吟诵着"此恨固应知，愿人无别离"。

注重儒家家庭伦理与家庭温暖，是作为士大夫的苏轼的一个重要方面。但是仅仅有儒家的思想根本无法排解其内心的痛苦。在黄州初期，道家思想成为了苏轼进行生活反思与自我排解的精神动力。苏轼看透了宦海沉浮与人事的勾心斗角，因此在其初到黄州的词作中不时传达出"人生如梦"的感慨，追求一种自在自然的心态和"不如归去"的逍遥与自得。在《南乡子·霜降水痕收》中，苏轼感慨人生"万事到头都是梦，休休。明日黄花蝶也愁"。仿佛人生是那么的不真实，如梦境一般，一切的荣耀随着梦的醒来而烟消云散，那一切的功名利禄又有什么意义呢？不仅普通人逃不掉人生的虚无，甚至伟人也会"曹公黄祖俱飘忽"。人生如此清苦以致时光显得太过漫长——"人间日似年"，人生是抓不住的虚幻——"世事一场大梦，人生几度秋凉"。苏轼选择了道家思想来慰藉，但是他并没有走向全面的虚无，去过求仙问道、无心现世的生活，而是在"道"的躯壳下隐藏着儒家思想的内核。甚至在他发出"人生如梦"的感慨时，依旧不忘"把盏凄然北望"。宋代杨湜《古今词话》云："东坡在黄州，中秋夜对月独酌，作《西江月》词……坡以谗言谪居黄州，郁郁不得志，凡赋诗缀词，必写其所怀。然一日不负朝廷，其怀君之心，末句可见矣。"

苏轼身上体现着儒与道的杂糅，他一方面看破官场功名的丑陋，认为"蜗角虚名，蝇头微利，算来著甚干忙。事皆前定，谁弱又谁强"，将名利看成身外之事，直接蔑视功名利禄，展现随缘狂放的情怀。但是另一方面，他又坚持着儒家的政治品质，为小政而爱民，在忧患中依然关心人民的疾苦。他与徐太守饮酒作乐时依旧关心着"覆块青青麦未苏"，他的愿望是"雪晴江上麦千车"，只要人民没有疾苦，他就"但令人饱我愁无"。因为诗文遭受贬谪，到了黄州后的苏轼在文学创作上开始偏向谨慎。他的一些表达自身品质与心情的词，往往通过咏物来体现，如《水龙吟·似花还似非花》中写那漂泊不定的杨花——"不是杨花点点，是离人泪"，表现了自己被贬谪的飘忽不定的生活与令人忧愁的破碎的政治理想。又如《定风波·好睡慵开莫厌迟》中描写的

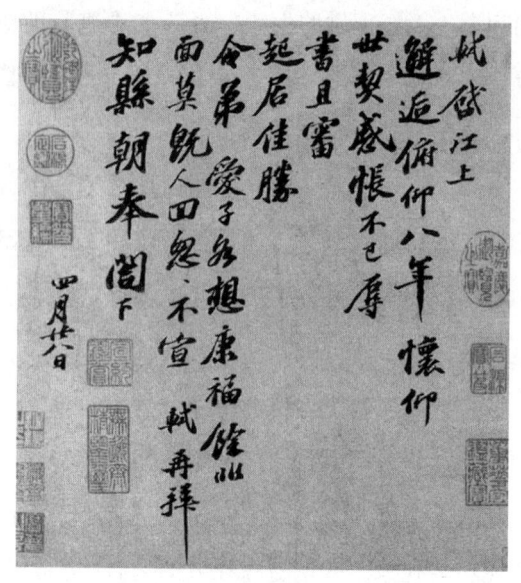

苏轼《邂逅帖》，又称《江上帖》

梅花——"自怜冰脸不时宜。偶作小红桃杏色，闲雅，尚余孤瘦雪霜姿"，传达着自己高洁孤傲的品质与不同流合污的决心。正如薛瑞生的一句话："（苏轼）有牢骚，有不平，也有乐观，却无颓唐，无消沉，亦无激愤，似乎东坡能将政治阴霾化为云霞，却又于云霞上投之雾霭，使人既振奋又沉阔。"苏轼身上浸润着儒道两种思想，它们相互支持与转化，使苏轼没有沿着极端的方向发展。

随着自我的调试与友人的安慰，苏轼逐渐走出贬谪的阴霾，在黄州的艰苦生活中逐渐形成了旷达的生活态度，找到了生活的乐趣。苏轼在黄州期间写过一些回文词，用特殊的文字结构描写闺怨，使互对的两句回环往复皆能成诵。虽被认为价值不高，但却可以从一个侧面看到苏轼对于生活的热爱与人生的追求。只有对生活存着热爱之人，才能玩得如此不亦乐乎。正如苏轼在《与李公择书》中说："效刘十五体，作回文《菩萨蛮》四首寄去，为一笑。"苏轼在黄州中期所表现出的生活的热情是让人觉得可亲可爱可敬的，对生活细节与情趣的追求，在更深的层次上体现的是一种乐观与坚韧。他写下了很多节日宴游的场景，如描写端午节的《少年游》中"十分酒，一分歌"的轻松闲适；细心地观察欣赏着"兰条荐浴，菖花酿酒"的风俗；写重阳赏菊花，悠然而来，尽兴而归；于人生的逆境中放松自己的心，人生不如意之事十有八九，故"尘世难逢开口笑"；尽情地享受欢愉的时光，趁着年少要"菊花须插满头归"。我们可以想象，微醉的苏轼，在铺满黄花的山路上，一脸得意地眯着眼睛，摇曳着满头的秋菊，身后飘着爽朗的大笑。又如寒食时节，微雨过后，"改煎茶火，犹调入粥饧"。

苏轼将感情的触角伸向生活的每一处。雅如品茶饮茗，他辨得出"雪芽双井"，认得清"谷帘珍泉"，却不居雅自傲。俗如"整金盆，轮玉笋"的掷骰子玩游戏，参与民间活动。他还自创佳肴，发明了东坡肉。他改编了陶渊明的《归去来兮辞》，使之合乐，并"使家僮歌之，时相从于东坡，释耒而和之，扣牛角而为之节，不亦乐乎"。他俗，但又不流于庸俗。他以十二分的热情投入这看似坎坷的人生，无论有多少阻碍，他都能将其内化为人生的动力，这便是生命的活力与韧性。苏轼在度过黄州初期的低潮期后，其词境开始走向开阔旷达，仿佛一幅泼墨山水画，随意恣肆，挥洒自如，让人见之一笑而忘俗。他对人生价值进行了思考，发出了"谁道人生难再少，君看流水尚能西。休将白发唱黄鸡"，表现了强烈的入世愿望。真是愈郁悒，愈豪放，愈忠厚。他饮酒作乐，尽兴而归，发出"我欲醉眠芳草"的调笑。他独立于落日中的快哉亭下，吟咏了一句千古绝唱"一点浩然气，千里快哉风"。这是何等的壮阔豪情，正应了他的那句"莫道狂夫不解狂，狂夫老更狂"。苏轼在黄州时开始了真正的务农生活，他在《东坡八首》的小序中说："余至黄州二年，日以困匮，故人马正卿哀余乏食，为于郡中请故营地数十亩，使得躬耕其中。"通过亲身耕作，他想到了东晋的陶渊明，从陶渊明的身上汲取了精神的力量。他在《江神子》中说："梦中了了醉中醒。只渊明，是前生。走遍人间，依旧却躬耕。"这已不仅仅是一种艺术追求，更是一种心灵的契合。

如果说被贬黄州在别人看来是一场苦难，那么对于苏轼来说，却是他的财富。正是在这种颠沛流离中，我们看到了一个伟人的心路历程，有辛酸，有不平，有旷达，有闲适，有狂放，有真情。他的词作不仅仅成为了一种文学的范本，更成为心灵的给养，给无数世人以走下去的力量。苏轼不语，独立在一千年前的雪堂，微笑地注视着绵绵的江水，流淌了千年的时光。

知识链接

乌台指的是御史台，汉代御史台外柏树上有很多乌鸦，所以人称御史台为乌台。元丰二年（1079）三月，苏轼由徐州调任湖州。他作《湖州谢上表》，在自己的诗文中表露了对新政的不满。李定等人曲解了苏轼以前写的诗词，并对苏轼严刑拷打。在神宗的默许下，苏轼被抓进乌台，一关就是4个月，后遭贬官流放。

四，玲珑作响：小令的婉转清悦

宋朝前期，词的创作主体进一步扩大，一些文人开始有意识地进行词的创作，如晏殊、欧阳修等颇有佳作。宋词早期以小令较为流行。小令短小精湛，一般篇幅在五六十字左右，如珠如玉，玲珑剔透，适合抒发一时之情。但是当时文人依旧将词作为小道，并不能与诗相提并论。词是用来"聊佐清欢"的，常伴随着酒宴、歌姬、乐器而产生，词风多典雅婉转。

无可奈何：晏殊小令中的生命意识

晏殊的词受到南唐词风影响，加之自我身份高贵，他的词多描写深闺佳人，语言颇为雍容华贵，往往含情脉脉而又淡雅沉静。晏殊最为著名的一首词要数《浣溪沙·一曲新词酒一杯》了。

> 一曲新词酒一杯，去年天气旧亭台。夕阳西下几时回？
>
> 无可奈何花落去，似曾相识燕归来。小园香径独徘徊。

这首词淡淡地诉说着心中的哀愁，涌动着一股生命的意识。时间和生命的圆满与缺陷，瞬间与永恒的对比消融，都汇聚在这短短的一首小令中。全词以"新"开篇，词是新词，酒是新酿，但亭台楼阁却是去年的样子，一切都是旧物。时间已经过去一年了，有些东西在不经意间已发生了改变，作者不禁发出一声"夕阳西下几时回"的感叹。太阳是亘古不变的，可是在这不变中还有着每日东升西落的轮回，那么，微小如尘埃般的人又能留住多少生命的记忆呢？晏殊少年得志，曾以神童

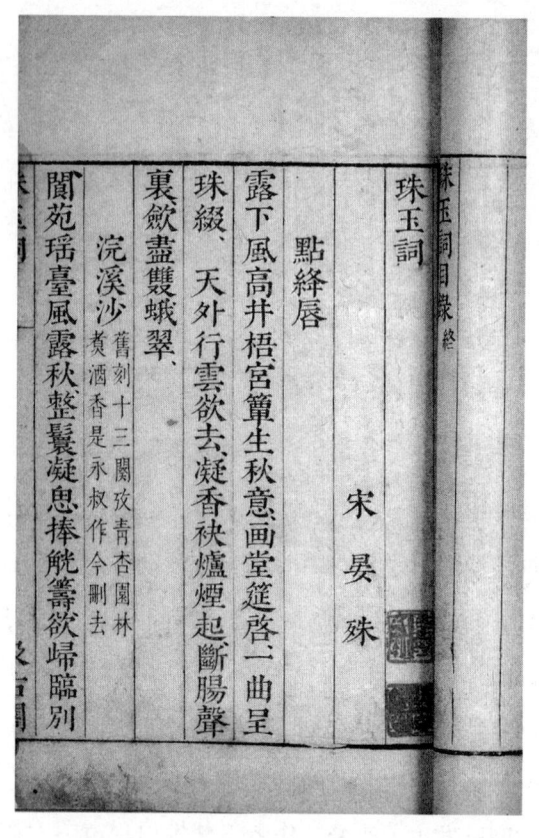

《珠玉词》书影

身份直接参加科举考试，官至同中书门下平章事兼枢密使。他的人生轨迹看似是圆满的，也正是因为这种圆满才让他产生了患得患失的愁绪。能带走一切的只有匆匆流逝的时间，晏殊也只能感叹"无可奈何花落去，似曾相识燕归来"。美好的事物总是无法挽留，在似曾相识间日子化为指尖的沙，化作南飞的燕，只留下他的背影，独自徘徊在蜿蜒曲折的小径上。在晏殊的词中，旧日与现实的对照性比较成为了重要内容，所传达出的情感往往也带着惆怅。如《木兰花·池塘水绿风微暖》："玉钩阑下香阶畔，醉后不知斜日晚。当时共我赏花人，点检如今无一半。"当时只道是寻常，今日看来却是分外珍贵。

晏殊词多写女性，但她们不同于《花间词》中作为"被看"对象的女性，而是被晏殊赋予了主观的情感倾向。她们的心绪不再仅仅拘泥在雕梁画栋中，不再如刻板华贵的牡丹，而是于急急缓缓中吐露着内心的情感，像临风泣露的芙蓉。如《踏莎行·祖席离歌》：

> 祖席离歌，长亭别宴，香尘已隔犹回面。居人匹马映林嘶，行人去棹依波转。
>
> 画阁魂消，高楼目断，斜阳只送平波远。无穷无尽是离愁，天涯地角寻思遍。

这是一首送别的词,她跟随着他的脚步,十里相送。唱不尽的是离歌,割不断的是离愁,长亭分别,可是依旧忍不住望向他离去的道路,直到那小船消失在一湾碧波中。没有声嘶力竭的呼唤,有的是那份浓而含蓄的情感,独登画楼,临高远眺,一抹斜阳下波光荡漾。噫!无穷无尽的是那铺天盖地的离愁,即便他走向天涯海角,她的心也会紧紧相随。晏殊的词,如一杯桂花酒,伴着女人温和的体香,初入口时并不浓烈,但是化开了却有挥之不去的芬芳。他词中的女性温雅宁静,蘸着浓浓的墨汁,写下密密的字句,"红笺小字,说尽平生意。鸿雁在云鱼在水,惆怅此情难寄",以此来诉说相思之情。含蓄典雅是晏殊词的特点,梦与酒交织成一曲歌谣,只道是"一场愁梦酒醒时,斜阳却照深深院",又或是"红杏开时,一霎清明雨,浓睡觉来莺乱语,惊残好梦无寻处",还有那"独上高楼,望尽天涯路。欲寄彩笺兼尺素,山长水阔知何处"。

知识链接:

晏殊,字同叔,北宋前期婉约派词人之一。抚州临川人。十四岁时就因才华横溢而被朝廷赐为进士,之后到秘书省做官。北宋仁宗即位之后,官升至集贤殿学士,仁宗至和二年卒,享年六十五岁。晏殊为官清正廉洁,能荐拔人才,如范仲淹、欧阳修均出其门下。主要作品有《珠玉词》。

薄佐清欢：欧阳修词的凝练与潇洒

欧阳修，北宋著名文学家，北宋文坛革新的领军人物，他于诗、文、词等方面均有建树。欧阳修的词接续五代词风，却又有创新。他开发了词的抒情功能，在词中出现了关于自我内心情绪的宣泄与表达。与此同时，一些民间俚曲开始进入他的视野，通过吸收杂糅，他使词开始朝向世俗与口语化的方向发展。如他的《渔家傲》十二首，分别吟咏十二个月的节气风物，《采桑子》十首吟咏颍州西湖。欧阳修与晏殊在词坛并称"晏欧"，但是欧阳修的词比晏殊多一分缠绵悱恻。欧阳修仕途几经起落，他对生命境遇与世事艰险有着更深刻的领悟，因此在他的词中常能看到别样的风情。

欧阳修开拓了词境，他写自身的宦海沉浮——"世路风波险，十年一别须臾"，写人生坎坷——"如今薄宦老天涯。十年歧路，空负曲江花"。但是尽管如此，他已经能够于迷雾重重中找到属于自己的潇洒。一位能够写出《醉翁亭记》的人，对人生必然也是看得通透的。于是欧阳修写下了《朝中措》：

平山栏槛倚晴空，山色有无中。手种堂前垂柳，别来几度春风？

文章太守，挥毫万字，一饮千钟。行乐直须年少，尊前看取衰翁。

一首小词，却能从中看出欧阳修一生的喜怒哀乐。独倚栏杆望晴空，山色似有似无，这是一分淡然与空旷；手抚旧种垂柳，迎送几度春风，这是一丝历练与沧桑；下笔如行云流水，饮酒千杯不醉，这是一种豪气与潇洒；及时当享乐，莫负春光好，这是一种豁达与洒脱。读之爽利畅快，余味无穷。同样是感时伤怀，欧阳修的《浪淘沙·把酒祝东风》比起晏殊就多一分淡定与从容：

把酒祝东风，且共从容。垂杨紫陌洛城东。总是当时携手处，游遍芳丛。

聚散苦匆匆，此恨无穷。今年花胜去年红。可惜明年花更好，知与谁同？

一盏酒遥寄东风，真是自在从容，重回当年携手处，记忆中的美好点滴重现。人生聚散匆匆，快乐之后总是会有分别的苦楚，痛苦终难消解。欧阳修望眼前之景，叹去年之事，想明年之今日。花有重开之日，人无再少之年，花面年年红似火，只是看花知何人？那份对时光流逝、物是人非的感慨被刻画得入木三分。

欧阳修一些描写女性的词委婉绰约，缠绵悱恻，好像糯米制成的粽子，粘于口齿之间。如《蝶恋花·庭院深深深几许》：

> 庭院深深深几许？杨柳堆烟，帘幕无重数。玉勒雕鞍游冶处，楼高不见章台路。
>
> 雨横风狂三月暮，门掩黄昏，无计留春住。泪眼问花花不语，乱红飞过秋千去。

欧阳修用三个"深"字写出了那份寂寞，好像走入了深宅大院，抬头看只能望见一方蓝天。杨柳重重，烟花叠嶂，整颗心都被包裹在这深深庭院之中，整个世界都是寂寞的，都是无声的，只有三月傍晚那夹杂着狂风的冷雨，敲打着门窗。泪眼朦胧中向谁诉说？问花花不语。只见一阵风过，片片乱红吹向独自飘荡的秋千。相思最能催人老，且问君心知不知？爱情最能让人笑让人哭，不过是"拟歌先敛，欲笑还颦，最断人肠"，不过是"故欹单枕梦中寻，梦又不成灯又烬"，不过是"相思难表，梦魂无据，惟有归来是"。

除了欧阳修与晏殊外，北宋前期还有其他几位词人亦有佳作。张先是北宋最高寿的词人，他擅长以影写景，因三句"云破月来花弄影"、"帘压卷花影"、"堕风絮无影"颇为惊艳，故世人称之为"张三影"。北宋时期重要的改革家王安石将词推到了历史反思的平台上，词不仅可以表达自我情感，更能表现世道沧桑。如他的著名怀古词《桂枝香·金陵怀古》：

> 登临送目，正故国晚秋，天气初肃。千里澄江似练，翠峰如簇。征帆去棹残阳里，背西风、酒旗斜矗。彩舟云淡，星河鹭起，画图难足。
>
> 念往昔，繁华竞逐。叹门外楼头，悲恨相续。千古凭高对此，漫嗟荣辱。六朝旧事随流水，但寒烟衰草凝绿。至今商女，时时犹唱，《后庭》遗曲。

目之所见，是大江一片东流去；心之所思，是六朝旧事随流水。商女的歌声飘入耳中，这靡靡之音正是对现实忧患的警钟。

知识链接

王安石（1021—1086），字介甫，号半山，封荆国公，世人又称王荆公，北宋临川江右人。北宋著名政治家、思想家、文学家、改革家，曾推行变法。唐宋八大家之一。欧阳修称赞王安石："翰林风月三千首，吏部文章二百年。老去自怜心尚在，后来谁与子争先。"传世文集有《王临川集》、《临川集拾遗》等。

五，自开自灭：晏几道与《小山词》

在柳永、苏轼之后，宋词开始朝着慢词与铺排发展，但是却有一个人反其道而行之，他就是晏几道。晏几道的父亲晏殊颇擅小令，而他也接续五代"花间"词派的传统，写遍人间离合悲欢，在小令领域创造了一个新的辉煌。

晏几道，字叔原，号小山，临川（今属江西）人。他是晏殊的第七个儿子，时人称之为"小晏"。与父亲的仕途顺利和平步青云相比，晏几道的人生则多了几分平淡与坎坷。他曾因友人上书反对新法而牵连入狱，曾做过一些小官，晚年归隐旧宅。晏几道性格狂狷耿直，好友黄庭坚在《小山词序》中曾评价他："平生潜心六艺，玩思百家，持论甚高，未尝以沽世。"他的一生可以用"痴"来概括，以至于"仕宦连蹇，而不能一傍贵人之门，是一痴也；论文自有体，不肯作一新进士语，此又一痴也；费资千百万，家人寒饥，而面有孺子之色，此又一痴也；人百负之而不恨，己信人终不疑其欺己，此又一痴也"。他的词集结为《小山词》一书，存词二百多首，多为小令。《小山词》多录往事，抒写哀愁，笔调忧伤惆怅，情感深沉真挚，情景交融，用语秀雅，浑然天成，"能动摇人心"。晏几道善于运用小令描摹女性的一颦一笑，但与《花间词》不同的是，女性在这里并不以一种"物化"的姿态出现，而都是词人心中的思慕对象。晏几道的词是有所指的，他将一份痴情化作只言片语，使词中含情，情深入骨。晏几道在《小山词自序》中明确地点明他书写的对象是友人家中莲、鸿、苹、云四位歌女，然而光阴似水，曾经的欢娱狂醉，曾经的心有灵犀，要么久卧病榻，要么流落天涯。他要用自己的笔记下"悲欢合离之事"，记下"如幻如电，如昨梦前尘"的过往，对"光阴之易迁"、"境缘之无实"的人生悲剧进行注解。

对如烟往事的深情追忆是晏几道词的主题。昨日已不可重现，但是它却扎根在记忆的最深处，浸泡出生命的原汁原味。爱情之醇美，如浓得化不开的酒，只需要一滴，就能让你沉醉一生。晏几道为歌女小苹写过一首《临江仙》，读之纯如水晶，情到浓时淡若水，有一股旁

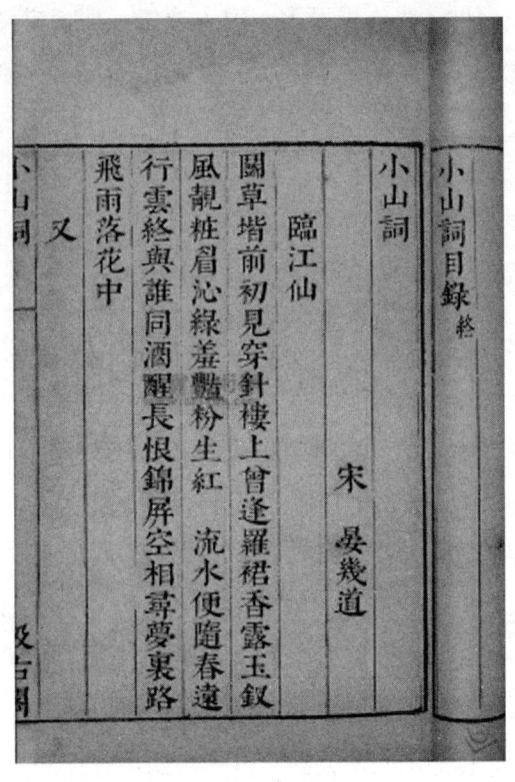

《小山词》书影

人不易察觉的甘甜,这是两个人共有的记忆片段:

> 梦后楼台高锁,酒醒帘幕低垂。去年春恨却来时。落花人独立,微雨燕双飞。
>
> 记得小蘋初见,两重心字罗衣。琵琶弦上说相思。当时明月在,曾照彩云归。

时光真是个奇妙的东西，它行走匆匆却不着一丝痕迹，今夕何夕，只让人忆起旧时节。词的开首写梦，梦回当年楼阁，可是今日却是人去楼空，一把铁锁锁住的岂止是结满蛛网的门，锁住的更是一颗冷落了的心。似乎只有在酒醉后，才有勇气去看那低垂破败的帘幕，却怎么也不忍心去揭开帘子，望向那黑洞洞的屋宇。现实如梦般缥缈，或许现实世界才是一场容易醒来的梦吧，要不然怎么会转眼间花落了，转眼间笑变成哭，转眼间相思之人离开的步子匆匆又匆匆。"落花人独立，微雨燕双飞"，这是化用翁宏《春残》中的诗句，可是用在词中，却完美地表达了一份惆怅与孤独。花自凋零燕自飞，只有他一人形单影只，偶尔一片花瓣洒落在他的肩上，在无言的安宁中，一份无言的落寞跃然纸上。词的下半阕将时间拉回到从前——"记得小苹初见，两重心字罗衣"。或许晏几道当时并没有刻意去注意小苹的衣物，只是那么匆匆一瞥罢了，但是随着时光的流逝，当时初见的那一颦一笑却越来越深刻，因为失去，所以变成生命中最珍贵的回忆。"两重心字罗衣"是一个双关，一是写出了晏几道思念之深，以至于这么小的细节他都铭记在心，二是寓意着两个人心意相连，永结同心。拨弄的一根根琵琶弦，是小苹曾经低眉信手弹奏过的。音乐是有灵性的,两个心有灵犀的人,不需要有过多絮叨的言语,只听那玉手划过的琵琶弦,就知道里面蕴含了多少相思。抬头望天,月仍是那亘古不变地散发出清辉的月,可是当年两人举目共望的月边的彩云,却早已烟消云散了。全词戛然而止,只留下无尽的情思,在平平淡淡的句子中,描摹着刻骨铭心的生命体验。

晏几道的词具有较强的私密性,他的笔写得就是他的生活,写得就是他记忆中的细节。而人生如梦,梦醒时分的煎熬与苦痛,便成为他抚不平的伤口。无论是"斗草阶前初见,穿针楼上曾逢",还是"靓妆眉沁绿,羞脸粉生红",都不过是梦中旧事,提之伤心肝。一个人若是太过多情,那么生命的酸甜苦辣必然是加倍浓烈,相逢的快乐,也必然要化作离别的愁苦,以至于"衣上酒痕诗里字,点点行行,总是凄凉意"。他的词只献给懂他的人,如一首《采桑子》:

秋来更觉销魂苦,小字还稀。坐想行思,怎得相看似旧时。

南楼把手凭肩处,风月应知。别后除非,梦里时时得见伊。

秋季最是怀人时节,常常是寒风乍起,当指尖感受到季节的微凉时,被压抑的那份愁绪就不由自主地飘散开来。全词中一句"南楼把手凭肩处",并没有向下写具体的相处情节,但是却运用个别细节的点缀性穿插,增加了词本身情感的真实性。这是献给特定人的词,只有她才能读懂,才会会心一笑,才能知道在文字背后隐藏的情义。晏几道写梦写得尤为动情,梦的美好对应着生活的苦涩,梦的易逝更加深了他对人生坎坷的理解。"从别后,忆相逢,几回魂梦与君同。今宵剩把银缸照,犹恐相逢是梦中。"梦,这现实与虚幻的夹缝,成为了词人消解忧愁,体味片刻欢愉的地方,醒来后的漫漫长夜似年,梦中的魂魄相依如瞬。再次相见时,却分不清是现实还是梦幻,只恐怕一刹那的喜悦过后,又是梦醒来,只留下他一人独自面对无尽的黑暗。晏几道的词中多有奇妙的比喻,用千种语言将相思的愁绪细细描画。"雨罢苹风吹碧涨。脉脉荷花,泪脸红相向。斜贴绿云新月上,弯环正是愁眉样。"雨后荷花点点水滴,被晏几道想象成红脸娇羞的姑娘,脸上挂着泪珠,一缕烟云缠绕着弯弯新月,又成了紧蹙的眉毛。而一句"红烛自怜无好计,夜寒空替人垂泪",将屋子中点燃的红烛赋予灵魂,让世界上所有的感官体验都随着词人的心绪飘动。看!那浓浓的蜡油,缓缓地流淌,流出红色的眼泪。

六，女中英杰：李清照的词路历程

中国古代文坛一向由男性掌握话语权，无论是忧国忧民，抑或是感时伤怀，都是由男性文人写下流传千古的诗词歌赋。他们甚至自我模拟闺中女子的情感，写下种种思妇情态，将那份思情描写得淋漓尽致。而中国古代女性或是挑起生活起居的重担，或是流连于青楼歌馆供人赏玩，能醉心于诗书，并在文学史上留下自己姓名的本就凤毛麟角，而李清照却是这凤毛麟角的女性文人中的翘楚。

李清照的父亲李格非是当时名士，母亲是状元王拱宸的孙女，很有文学修养，从小熏陶于琴棋书画中的李清照兼具了男子的才气与女子的柔情。十八岁时，李清照嫁给当时宰相之子赵明诚，从此开始了琴瑟和谐的夫妻生活。两人情投意合，醉心诗书，又都爱好金石收藏，宛若一颗红豆飘落于肥沃的土壤，生活甜蜜得如同蜜糖一般。她在《金石录后序》中写下了两人那"只羡鸳鸯不羡仙"的生活——"每获一书，即同共勘校，整集签题。得书、画、彝、鼎，亦摩玩舒卷，指摘疵病，夜尽一烛为率。故能纸札精致，字画完整，冠诸收书家。余性偶强记，每饭罢，坐归来堂烹茶。指堆积书史，言某事在某书某卷第几页第几行，以中否角胜负，为饮茶先后。中即举杯大笑，至茶倾覆怀中，反不得饮而起。甘心老是乡矣！"秉烛夜谈，共抚黄卷，煮茶论书，言笑晏晏，这是怎样一种雅致与情分。清朝词人纳兰性德曾为两人写过这样的词句——"赌书消得泼茶香，当时只道是寻常"。愿得一心人，白首不相离，这或许是世界上最奢侈的东西了。李清照在前半生并不知晓后半生的坎坷，但随着国破家亡的哀钟敲响，她所拥有的一切都烟消云散了，她或许开始慢慢读懂往日寻常的分分秒秒中那不经意的幸福。北宋后期政坛动荡，积贫积弱的宋王朝不得不南渡迁都，李清照的丈夫也在两宋之交病逝，只留下孤苦的她在平平仄仄的长短句中抒发着心中的哀愁。李清照于词的理论上也颇有建树，她著有《词论》一文，提出词"别是一家"的理论，郑重其事地为词正名。李清照认为词与诗并不是两种相同的文体，词与音乐的距离更近，词不仅讲究平仄，也讲究声律的和谐，从而在词的本体论上确立了词在文学中的独立地位。

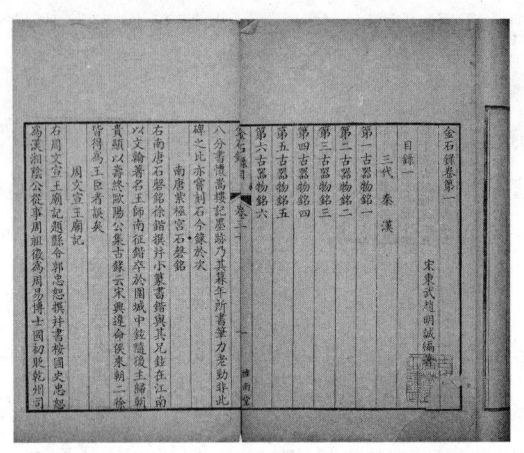

乾隆年间刻本《金石录》书影

南渡之前，李清照的词于清新秀雅中有几分英气，虽然也写哀愁，但却自有一番风流，而且这种愁绪不是无可开解的，她不过是将内心那份似是娇嗔、似是微怨的小儿女情态用文字记录下来，是含着笑的泪。如一首《如梦令·常记溪亭日暮》

> 常记溪亭日暮，沉醉不知归路。兴尽晚回舟，误入藕花深处。争渡，争渡，惊起一滩鸥鹭。

这是李清照早年生活的一件寻常小事，却被她拿来细细描摹，读之也颇有趣味。言语之中，似在叙事，又兼抒情，好一幅少女醉游图。只见她云霞般的衣衫，在落日的映照下显得格外美丽，脸颊上那一抹醉后的红，似夏日里初开的莲花。已到了该回家的时刻，可微醺中那歪歪扭扭的步子却怎么也找不到来时的路。荡起一叶小舟，坐听潮声几回起落，随意漂流的船一头扎进了藕花深处，不知怎地，惊起了几只鸥鹭。通过李清照的词，我们能够看到真实的女性闺房生活的乐趣，诗、书、酒构成了并不亚于男性的文化存在，女性开始用自我的眼光去打量世界。她们不再是男性口中那个只会思慕爱人的怨妇，不再是静静地凭栏远望的佳人，而是活生生的个体。生命于她们同样广阔，喜怒哀乐同样浓郁，一杯清酒畅快饮，一点红唇诉衷情。有时候，女子的小情绪当真是男子读不懂的。就像另一首《如梦令·昨夜雨疏风骤》：

昨夜雨疏风骤，浓睡不消残酒。试问卷帘人，却道海棠依旧。知否，知否，应是绿肥红瘦。

若是寻常男子，怎会注意到雨后庭院的花朵，又怎会想到用人的体态来模拟绿叶红花？若是寻常女子，怎会耳听疏风朗雨，又怎会几杯淡酒催睡浓？语出新奇，又颇有意趣，充满了女性特有的细腻与调皮。相比之下，大刀阔斧的男性文人写不出这种淡淡的惆怅,婉约细腻的男性文人也写不出这般清新自然。

夫妻间的生活点滴也是李清照着力表现的内容,两地分居的苦楚,剪不断的相思,似苦还甜的柔情,化作红笺小楷,由鸿雁传递给心上的人。她写过一首《一剪梅》：

> 红藕香残玉簟秋。轻解罗裳,独上兰舟。云中谁寄锦书来,雁字回时,月满西楼。
>
> 花自飘零水自流。一种相思,两处闲愁。此情无计可消除,才下眉头,却上心头。

锦书是对书信的美称。《晋书·列女传》记载,苏蕙织锦为《回文旋玑图》诗,以赠其被徙流沙的丈夫窦滔。这种用锦织成的字称锦字,又称锦书。初秋时节,还带着夏天的燥热,思念更是令本就漫长的光阴更难熬。解衣宽带,一个人默默地踏上兰舟。最美的时光莫过于收到远方的他的来信,可是望尽天边的白云,也不见那令人朝思暮想的信笺。一行大雁飞过,这专情的鸟儿也离人而去,只有那月光的清辉洒满独自一人的阁楼。同心而离居,岂不知这对痴情男女,虽然身处异地,心却被相思绾在一起,真乃"一种相思,两处闲愁"。相思是无药可救的,你瞧,那颦蹙的眉头刚刚平缓,那心头的苦又渐渐浓烈。世间又有几个女子能够逃脱得了情网呢？即使是李清照这样写下"生当作人杰，死亦为鬼雄"的奇女子，也不得不在快乐与苦痛的边缘游走。我们今天能够读到的那些美妙的文字，在当日就是一封饱含深情的书信，如《醉花阴》：

> 薄雾浓云愁永昼，瑞脑消金兽。佳节又重阳，玉枕纱厨，半夜凉初透。
>
> 东篱把酒黄昏后，有暗香盈袖。莫道不销魂，帘卷西风，人比黄花瘦。

清代崔错所绘李清照像

李清照的文字有一番魔力，柳永写相思不过是直白的一句"为伊消得人憔悴"，她却用"人比黄花瘦"形象地将物与人的情感结合在一起。见到那盛开在秋日的黄菊,片片花瓣倔强地迎着凉风,如一位瘦弱美人,一心盼着她远方的情郎。女性的抒情意象,加以文人化的艺术表达,再融合新奇绝妙的语言,自是比那些代女性而言的句子更具新意。

南渡之后,李清照的词风发生了改变,从前那份闲适与娇羞不见了。尤其在丈夫赵明诚病逝后,加之遇人不淑,她晚年的生活过得颇为凄惨。生活有时候就是这么残酷,给了你顺心如意的前半生,却令你在后半生的凄风冷雨中咀嚼着前尘昨梦。李清照晚期的词中,充斥着如浮萍般的漂泊感和那丝丝缕缕无孔不入的哀愁。这些饱含着国破家亡的愁绪,最终都化为了精妙的文字。从她的眼睛看去,整个天空都是灰色的。她懂得了"物是人非事事休,欲语泪先流"的无言悲恸,她明白了"只恐双溪舴艋舟,载不动,许多愁"的世间苦痛,她写下了那首《声声慢》:

　　寻寻觅觅,冷冷清清,凄凄惨惨戚戚。乍暖还寒时候,最难将息。三杯两盏淡酒,怎敌他晚来风急?雁过也,正伤心,却是旧时相识。

　　满地黄花堆积,憔悴损,如今有谁堪摘?守著窗儿,独自怎生得黑!梧桐更兼细雨,到黄昏、点点滴滴。这次第,怎一个愁字了得!

十四个叠字,加深了那份说不清的哀愁,口语化的语言风格别有一番味道。语言就是这么奇妙,经过简单组合,就能够直指内心最深邃的地方。乍暖还寒的天气,最能让人体味到彻骨的寒冷,强劲的晚风吹来,更显得自己形单影只。鸿雁飞过,心头一喜,只因为那是旧日相识,可是物是人非的凄凉转而又使悲伤加深了一层。点点滴滴的雨,敲打在宽大的梧桐叶上,黄昏时分雾气弥漫,那雨声,更像是滑落的泪滴。"怎一个愁字了得!"这已经不是婉约的愁绪,而是泣血的悲鸣,这已经不是男女间的相思,而是对家国、对人生无声的哀嚎。她用直白的口语写道:"怕见夜间出去。不如向,帘儿底下,听人笑语。"她用寂寞的声音说着:"伤心枕上三更雨,点滴霖霪,点滴霖霪。愁损北人,不惯起来听。"一段人生,两种境遇,这就是李清照。

知识链接:

李清照(1084—约1151),号易安居士,山东济南章丘人。宋代女词人,婉约词派代表,有"千古第一才女"之称。李清照出身于书香门第,早期生活优裕。其父李格非藏书甚富。出嫁后与夫赵明诚共同致力于书画金石的搜集整理。金兵入侵中原时，丈夫赵明诚病逝，李清照流落南方，境遇孤苦。

《金石录》，共30卷，先由宋代赵明诚撰写大部分，其死后又由李清照完成其余部分。《金石录》一书，著录上古三代至隋唐五代所见钟鼎彝器的铭文款识和碑铭墓志等石刻文字，是中国最早的金石目录和研究专著之一。

七,诗书马上:词中英豪辛弃疾

豪放一派词风,继苏轼之后的另一大家当属辛弃疾,他与苏轼并称"苏辛"。辛弃疾将词的表现领域进一步拓宽,它不仅可以抒情言志,还可以议论说理,并将词的触角深入到了生活的每一个角落,开始借鉴诗歌,以文为词。

辛弃疾(1140—1207),字幼安,号稼轩。他天生拥有过人胆识,积极参政,擅长用兵。他26岁时曾向孝宗上奏《美芹十论》,分析当时政治形势。41岁在湖南创立威震一方的飞虎军。但是积贫积弱的南宋王朝采取求和的政治主张,辛弃疾报国无门,而作为"归正人"的他更是在政治的夹缝中尴尬地生存,仕途艰难的他只得将满腔热情投入到词的创作上。

辛弃疾

辛弃疾是第一个将金戈铁马的铿锵之音带入词中的词人，他写时事，抒豪情，遣愁绪，言语之中一片英豪气息。如《破阵子·为陈同甫赋壮词以寄之》：

> 醉里挑灯看剑，梦回吹角连营。八百里分麾下炙，五十弦翻塞外声，沙场秋点兵。
>
> 马作的卢飞快，弓如霹雳弦惊。了却君王天下事，赢得生前身后名。可怜白发生！

在醉中，人才是最放松的，才能说出自己想说的话，才能梦到自己想做的事。而于辛弃疾，他则是回到了让他最为畅快的军营中。男人的世界是粗线条的，大块的牛肉就着烈酒，雄壮的鼓声鼓舞着壮士的心，战马如的卢一般飞奔，弓箭如霹雳般射出。将士是国家的一颗棋子，他们身先士卒英勇杀敌，赢得了功名，却斑白了头发。人的一生是如此短暂，本是青发玉颜的少年郎，转眼间就成了白头老人，一个人就是一部历史，写满了不能为外人道的酸甜苦辣。

辛弃疾发怀古之情的词也颇多佳作，如他的《永遇乐·京口北固亭怀古》：

> 千古江山，英雄无觅，孙仲谋处。舞榭歌台，风流总被，雨打风吹去。斜阳草树，寻常巷陌，人道寄奴曾住。想当年，金戈铁马，气吞万里如虎。

>元嘉草草，封狼居胥，赢得仓皇北顾。四十三年，望中犹记，烽火扬州路。可堪回首，佛狸祠下，一片神鸦社鼓。凭谁问：廉颇老矣，尚能饭否？

从这首词中能看出辛弃疾以文为词的特点，用典精工，以历史人物的事迹进行穿插，写出自我内心情感。千古英雄，无论成就多少霸业，到头来不过是"风流总被雨打风吹去"。遥想当年，刘裕曾在这里开启了北伐的征程，收复洛阳，直指长安，成就大业，是何等威风。但是到了儿子刘义隆时，草草决定的北伐，几乎摧毁了国家之基，荣华富贵在弹指间灰飞烟灭。而再看自己的人生，却像廉颇将老，壮志犹在，可惜无人赏识。全词从头至尾，嵌藏数典，却不生涩，行文流畅，将文情与内心融合在一起。最道不尽的是辛弃疾的男儿气概，这在他的很多词作中都有体现，如他在《贺新郎》中写道："我最怜君中宵舞，道男儿到死心如铁，看试手，补天裂。"又如一句："夜半狂歌悲风起，听铮铮阵马檐间铁。南共北，正分裂。"刘克庄在《辛稼轩集序》中曾赞辛词："横绝六合，扫空万古，自有苍生以来所无。"辛弃疾用一颗赤胆忠心，为宋词画上了浓墨重彩的一笔。词最终成为与诗、文并肩的另一大文体。长短句中,蕴藏了无数古人或绮靡或铿锵的情感,细细读之,仿佛穿梭在不同的人生维度,令你忽而微笑喜悦,忽而心生悲戚。

知识链接

宋武帝刘裕(363—422),字德舆,小字寄奴,刘宋开国之君。隆安三年,刘裕参军起义,对内平定战乱,先后消灭刘毅、卢循、司马休之等分裂割据势力,使南方出现了百年未有的统一局面。对外曾两度北伐,收复洛阳、长安等地,消灭桓楚、西蜀、南燕、后秦等国。其功勋卓著,被誉为"南朝第一帝"。

归正人:南宋时期,将从金朝脱身回归南宋的人称为"归正人"。因为南宋采取"重南轻北"的人才选用政策,北方人多不受重用。

歌·赋

汉代，朝廷中出现了专门管理音乐的政府机关，负责音乐的搜集、保管与使用，由太乐主管郊庙祭祀所用的正乐，由乐府掌管天子日常使用的以楚声为主的俗乐。到了汉武帝时期，乐府的功能进一步扩大，乐府除了掌管现有音乐，还广泛深入民间搜集歌曲，使很多民间精华得以保存。到了东汉，掌管音乐的政府机构名称略有变化，一是设立太予乐署，相当于西汉时期的太乐，二是设立黄门鼓吹署，发挥着西汉时期乐府的作用。乐府诗的搜集整理一直没有中断，但是随着时间的推移，音乐部分已经失传，只留下文字部分，而"乐府"这个名词也由国家机构转变为对特定诗歌体裁的称呼。北宋郭茂倩编纂《乐府诗集》，搜集了从两汉至唐代的乐府诗共5000余首，并将其分为十二类——郊庙歌辞、燕射歌辞、鼓吹曲辞、横吹曲辞、相和歌辞、清商曲辞、舞曲歌辞、琴曲歌辞、杂曲歌辞、近代曲辞、杂歌谣辞和新乐府辞。

汉乐府语言古朴而具有情致，在这样一个由音乐构建的世界里，爱情的表达是张扬决绝的，对生命苦与乐的体验是粗糙直白的，他们在用文字表述，也是在用心呼唤。到了南北朝时期，政治上的割裂造成了南北文化间的巨大差异，造就了清新柔婉的南方民歌与粗砺壮阔的北方民歌。民歌比起文人所创作的诗文来说少了一份庄重典雅，却多了一份自在与真实。南朝民歌的珍宝要数《西洲曲》，尽管有研究者认为它可能经过了后世文人的加工，但是那份欲说还休又纯真无比的自然情愫，任是谁都会动容吧。

赋是汉代的代表性文学形式。一个时期的文学形式往往与其国家风貌有着紧密的联系，汉代作为我国古代历史上繁荣的大一统帝国，在文学的表达上也颇有风范。汉代辞赋主要包括骚体赋、汉大赋与抒情小赋。汉初是骚体赋发展的主要时期。骚体赋，顾名思义就是具有楚辞的风格，句中常用"兮"作为结尾语气词，以抒发内心愤懑不平之情。汉大赋则篇幅较长，文辞讲究骈偶对仗，往往采用主客问答的形式，描写的场景极尽奢华，常使人有凌云之志。汉大赋中充满了对文学技巧的炫耀，在华丽的辞章背后，内容显得极为贫乏，因此在东汉时期，一批文人抒情小赋出现了。抒情小赋削减了赋的绮靡形式，增加了真情实感的表达，以自我所见所闻所感架构起文章的主要内容，使文与情、辞与意水乳交融。到了两宋之际，文人赋开始兴起，创作者多为社会上的高级知识分子。文人赋的写作充满着人文气息，思考的问题覆盖了哲学与政治的范畴，以骈文的形式，书写散文化的内容，为赋注入了新的生命与活力。

一、诗从乐来：乐府诗歌的味道

中国文学最初的一声啼鸣，并不是诗歌，也不是辞赋，而是伴着歌、乐、舞的交织混杂而出现的。先人们在赤足飞奔追捕野兽时，唱着"断竹，续竹，飞土，逐宍"的古老歌谣，或是在熊熊篝火前手舞足蹈，嘴中吟唱着有节奏的文字，文学的种子从此生根发芽。音乐一直伴随着文学的发展，在早期一直作为文学传播的载体。而文学作为音乐的表现内容之一，也一直丰富着音乐的内涵。汉代乐府诗就是其中一个典型。

情深不寿：乐府绝唱《孔雀东南飞》

提起乐府诗，不得不说到乐府双璧——《孔雀东南飞》与《木兰诗》。这两部传唱已久的动人诗篇是乐府诗的两颗明珠。它们按照乐府诗歌"感于哀乐，缘事而发"的传统，以朴实生动的语言，流畅简洁的叙事，穿插以情真意切的抒情，繁简得当，读之令人动容。《孔雀东南飞》又称《古诗为焦仲卿妻作》，收录于《玉台新咏》。讲述了汉代末期庐江府小吏焦仲卿的妻子刘兰芝因不为婆母所喜欢，被迫与恩爱相守的丈夫分开，并被娘家逼迫改嫁。她为了守护自己的誓言，投水自杀，而悲恸不已的焦仲卿亦自缢于庭树。

这是一场爱情悲剧，它的悲剧性在于相爱而不能相守，在于中国传统孝道与自我感情追求的矛盾。在两难的抗争中，一对相爱的人以生命为代价，在步步紧逼下用血与死唱响了一曲爱情绝唱。刘兰芝是那个时代美好女性的楷模，她贤惠顾家，本分多情，她"十三能织素，十四学裁衣，十五弹箜篌，十六诵诗书。十七为君妇，心中常苦悲。君既为府吏，守节情不移。贱妾留空房,相见常日稀。鸡鸣入机织,夜夜不得息"。她的美丽惊艳了世人,"足下蹑丝履,头上玳瑁光。腰若流纨素,耳著明月珰。指如削葱根,口如含朱丹。纤纤作细步,精妙世无双"。她善良大方,面对婆婆无理的质疑与厌恶,她依然孝敬有加,体恤温柔,以至于焦仲卿对她一片痴心,发出"结发同枕席,黄泉共为友"的誓言。美好的爱情总是面临着现实的考验,一边是焦仲卿的母亲以孝的名义向儿子施压,甚至当焦仲卿以今后不复再娶来抗争时,她还是怒气冲冲地槌床发狠道:"小子无所畏,何敢助妇语!吾已失恩义,会不相从许!"另一边是刘兰芝的兄长以世俗的眼光逼妹改嫁,劝她"先嫁得府吏,后嫁得郎君。否泰如天地,足以荣汝身"。在双重压力下,刘兰芝与焦仲卿的爱情却层层升华,他们先是在卧室互诉衷情,继而在车马分别的大道上依依惜别。刘兰芝说出了两个人的爱情箴言——"君当作磐石,妾当作蒲苇。蒲苇纫如丝,磐石无转移"。蒲苇磐石,一柔一刚,象征着坚韧与刚强,情比金坚,无违誓言。当爱情的理想破灭后,两个人如飞蛾扑火般选择了死亡。"奄奄黄昏后,寂寂人定初。"一个举身赴清池,一个自挂东南枝。这对他们来说或许是饱含着血泪的微笑,是对现实无声的控诉。两个人被合葬在一

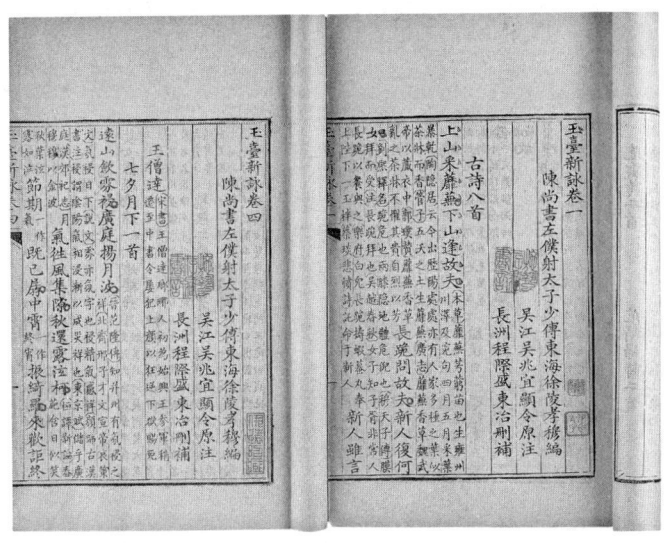

古本《玉台新咏》书影

起,一排排手植的松柏与梧桐见证着他们决绝的爱情,它们"枝枝相覆盖,叶叶相交通。中有双飞鸟,自名为鸳鸯。仰头相向鸣,夜夜达五更"。生前不得同相守,死后魂魄永相依,他们幻化成象征着恩爱的鸳鸯,在永恒的世界里交颈依偎。

知识链接:

《玉台新咏》:于公元六世纪编成的一部继《诗经》、《楚辞》之后中国古代的第三部诗歌总集。它收录了两汉至南朝梁的诗歌,历来被认为是南朝徐陵在梁中叶时所编。共收诗769篇,计有五言诗8卷,七言及杂言诗1卷,五言四句诗1卷,共为10卷。但第9卷中的《越人歌》相传作于春秋战国时期,除此之外,其余都是自汉迄梁的作品。内容多为男女闺情,以及日常生活的方方面面。

"断竹,续竹,飞土,逐宍",记载于《吴越春秋》卷九《弹歌》中,讲述了先民们砍断竹子,制作弹弓,用土丸投射,追逐猎物的场景。

巾帼英雄：从此木兰替爷征

《木兰诗》收录于《乐府诗集》，讲述了木兰代父从军的故事，是流传于南北朝时期的著名叙事诗歌。开篇以"唧唧复唧唧，木兰当户织。不闻机杼声，唯闻女叹息"为始，写出了木兰心中的愁绪。本是青春烂漫的年纪，本应待字闺中不谙世事，却都被这一声叹息画上了句号。连年的战乱使得多少壮士埋骨他乡，满鬓斑白的老人与肩膀稚嫩的少年都不得不充军入伍，而木兰的父亲就在其列。一句"阿爷无大儿，木兰无长兄"，看似简简单单地陈述事实，却饱含着一个家庭太多无奈与辛酸。也不知道木兰望着父亲伛偻的后背思前想后了多少次，她终于决定了，她坚定地说了一句："愿为市鞍马，从此替爷征。"那一刻她是知道这句话的分量的，因为从此她将踏上一条万分凶险的道路，有刀光血影的沙场征战，有忍气吞声的隐瞒身份，有青春褪色的苦痛无奈，但是为了她的家庭，她义无反顾地前行。"旦辞爷娘去，暮宿黄河边。不闻爷娘唤女声，但闻黄河流水鸣溅溅。旦辞黄河去，暮至黑山头。不闻爷娘唤女声，但闻燕山胡骑鸣啾啾。"父母那声声不舍的呼唤随风而逝，只听见了滔滔不绝的黄河水流声和呼啸而来的铁骑声。数载的征战生涯被几句略写一带而过，但是各种心酸却只有经历过才会懂得——"万里赴戎机，关山度若飞。朔气传金柝，寒光照铁衣。将军百战死，壮士十年归"。行军千里，苦！跋山涉水，苦！征战塞北，苦！倚甲而眠，苦！所有的艰难苦痛汇集成最后的胜利，那一刻木兰一定百感交集。百官不做，千金弃置，木兰要的只是回到那属于自己的故乡。"爷娘闻女来，出郭相扶将；阿姊闻妹来，当户理红妆；小弟闻姊来，磨刀霍霍向猪羊。开我东阁门，坐我西阁床。脱我战时袍，著我旧时裳。当窗理云鬓，对镜帖花黄。出门看火伴，火伴皆惊惶：同行十二年，不知木兰是女郎。"这是扬眉吐气的日子，这是脱下戎装换红装的时刻，她终于可以开怀大笑，或者终于可以痛哭淋漓。

在两汉乐府诗中，有对爱情直白浓烈的表达，如《上邪》："上邪！我欲与君相知，长命无绝衰。山无陵，江水为竭，冬雷震震，夏雨雪，天地合，乃敢与君绝。"一连用了五种几乎不可能实现的自然想象，来表达自己对爱情的矢志不渝，使人能够触摸到如滔滔洪水般猛烈的情感撞击，感受到如火焰般炽热的誓言。还有对人生艰难的控诉，严重的社会分化使财富集中在少数人手中，一边是锦衣玉食，一边是食不果腹，他们在乐府诗中发出了自己低沉的呼号。

《孤儿行》讲述了一个失去父母庇护的孩子，小小年纪就不得不走街串巷做生意，寄居兄嫂门下，终日过着"头多虮虱，面目多尘。大兄言办饭，大嫂言视马……泪下渫渫，清涕累累。冬无复襦，夏无单衣"的生活。本应无忧无虑的童年时光在孤儿眼中是如此煎熬，他发出了"居生不乐，不如早去，下从地下黄泉"的令人触目惊心的感叹。这是希望向绝望的挣扎与屈服。《妇病行》同样讲述了一个哀伤的故事，一位挣扎在生死线上的母亲，在临终前将孩子托付给了丈夫。"妇病连年累岁，传呼丈人前一言。当言未及得言，不知泪下一何翩翩。"欲语泪先流，因为心中有太多的不舍，才不知该如何张口，不知从何说起。一个母亲的要求是如此简单，她毕生的愿望不过是孩子能够吃饱穿暖，平安快乐——"莫我儿饥且寒，有过慎莫笞笞，行当折摇，思复念之"。这临终的遗言，刺痛了丈夫的心，一贫如洗的家境如何养得活嗷嗷待哺的孩子呢？衣不遮体的孩子，口口声声叫着母亲，却不知母亲再也回不到他的身边。只留下茫然、悲恸和愧疚的父亲，独自品尝生命的苦酒。一个不应当轻易哭泣的男子哭了,他"道逢亲交,泣坐不能起。从乞求与孤买饵,对交啼泣,泪不可止"。因为他知道,在这个残酷的社会,孩子终将"行复尔耳",走上一条像母亲那样悲惨的不归路。还是不要说了吧,还是"弃置勿复道"吧,因为这里面有太多太多的悲伤。

二、相映成趣：南北朝民歌

南北朝时期，是中国政局分裂的时期，文学的形式、风格也因政治格局的不同而不同。这一时期的民歌进入了发展繁盛期，展现出南朝民歌与北朝民歌风格迥异的艺术魅力。南朝民歌多清新明丽，爱情是被永恒歌唱的主题，江南水乡温柔绮靡，在那柔柔的水波中，最适合酝酿一场缠绵的梦。而北朝民歌则铿锵有力，辽远壮阔的自然风光，连年征战的社会现实，使得北朝民歌带着一股劲道，如风卷黄沙，呼啸而过，刚强中夹杂着哀鸣。中国哲学从来就讲究辩证，刚与柔，构成了文学风格的两个不同方向，两者交相辉映，共同造就了文学的圆满。

宋代郭茂倩编纂的《乐府诗集》为我们保留了大量南朝民歌，它们主要被收录在清商曲辞中。南朝民歌主要分为吴歌与西曲两类。吴歌主要产生于长江中下游，以建业（今南京）为中心，西曲主要产生于长江中游与汉水流域，以江陵（今武汉）为中心。吴歌多为女子倾诉相思之苦，西曲在题材上比吴歌广泛，市井之人的劳动生活与朴素的情感都在吟咏范围内。南朝民歌大部分是人民情感的结晶，它们很可能出自当时妓女、商贾、市民之手，比起专业文人的创作，南朝民歌更具有口语化的风格，直白明快，少了几分文字堆砌的繁缛，多了几丝灵动与新意。吴歌多表达小儿女间的情思，以《子夜歌》、《子夜四时歌》、《华山畿》、《读曲歌》为主，每每吟诵都感觉那份情思如含在舌下，润在心田。

吴歌中有表达千娇百媚的情态，如："宿昔不梳头，丝发被两肩。婉伸郎膝上，何处不可怜。"乌黑的长发，倾垂在他的膝上，仿佛是由心中生根发芽的情丝，网住了就再也不肯松开，那份柔媚，怎叫人不心生爱怜。有对爱情的苦苦追求，如："始欲识郎时，两心望如一。理丝入残机，何悟不成匹。"女人一生最大的幸福，就是和一个知心人相伴终生，如那织布机上的万缕丝线，终究会织成一匹布，而多情的女子终究会找到与自己相匹配的那个人。有带着微微责怪的想念，如："欢从何处来？端然有忧色。三唤不一应，有何比松柏？"这首

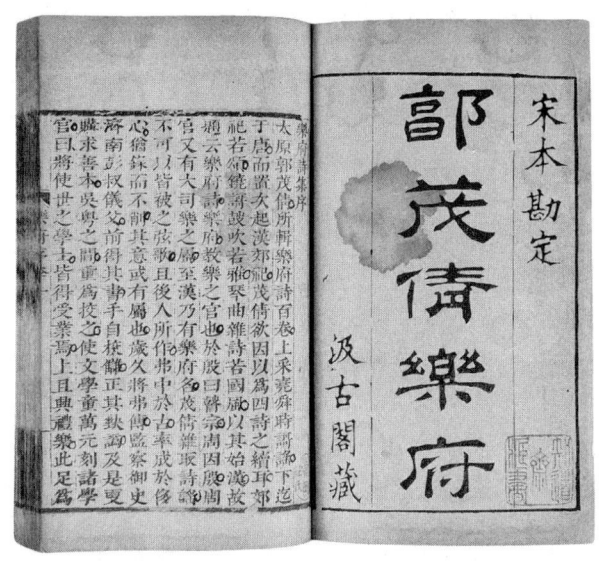

宋本《乐府诗集》书影

民歌用诙谐的语句写出了心中不快,她眉头微蹙,多次喊他他却不应,和亭子中种植的松柏又有什么区别呢?看来古代也有这种不解风情的木头男人呵。还有沉浸在爱情中的喜悦,如:"打杀长鸣鸡,弹去乌臼鸟,愿得连冥不复曙,一年都一晓。"爱情如酒,醉了就再也不想清醒,她天真地以为,只要鸡不再鸣叫,鸟不再高歌,第二天的黎明就永远不会到来,可良夜偏逢多情时,一年的时光也快得如同朝夕之间。还有为爱情心甘情愿抛弃自己生命的决绝,如:"华山畿,君既为侬死,独生为谁施。欢若见怜时,棺木为侬开。"世间痴女子多为情而生,为情而死。这首民歌必然包含了一个悲伤的故事,虽然我们不知道具体的细节,可却为这飞蛾扑火般的爱情深深感动着!

大量双关语的使用是南朝民歌的特点,这样既能够丰富民歌的表达层次,又能够增添它的趣味性,使人读之意趣横生。双关语的使用主要有两类,一是借音相关,用同音字来表情达意,如以"莲"双关"怜",以"篱"双关"离",以"藕"双关"偶"。二是同字同音的双关,如以布匹的"匹"双关匹配的"匹",以黄连之"苦"双关相思之"苦"等。在南朝民歌中成就最高的要数《西洲曲》了,沈德潜称其"续续相生,连跗接萼,摇曳无穷,情味愈出"。此曲文辞优美,值得玩味:

  忆梅下西洲,折梅寄江北。单衫杏子红,双鬓鸦雏色。

  西洲在何处?两桨桥头渡。日暮伯劳飞,风吹乌白树。

  树下即门前,门中露翠钿。开门郎不至,出门采红莲。

  采莲南塘秋,莲花过人头。低头弄莲子,莲子清如水。

置莲怀袖中，莲心彻底红。忆郎郎不至，仰首望飞鸿。

鸿飞满西洲，望郎上青楼。楼高望不见，尽日栏杆头。

栏杆十二曲，垂手明如玉。卷帘天自高，海水摇空绿。

海水梦悠悠，君愁我亦愁。南风知我意，吹梦到西洲。

西洲在哪里，谁也不知道，现在也无从考证，但是一定是这对有情人定情的地方，是他们心中最美好而神圣的领地。初春时节，微冷的风吹来梅花的清香，折一枝红梅，想起前情种种。她一定是个美丽的女子，杏红色的单衫，映衬着她乌黑发亮的头发，独立在渡口，望尽滔滔流水。春去夏来，伯劳悠闲地唱着寂寞的歌谣，风儿吹起乌桕树的叶子，沙沙作响。她以为那是他的脚步声，她微微开启一丝门缝，露出她精心插在发髻上的翠钿，欣喜地打开门，可是失望也随之而来。她静静地站立着，脸因为害羞而发红，为了掩饰自己的窘态，她假装自己开门是为了采摘红莲。"低头弄莲子，莲子清如水"，也亦是"怜子情如许"吧，一语双关，那莲心的一抹绯红,正是她心头的底色。想念的他并没有来,只有抬头望望蔚蓝天空中展翅的飞鸿,抬步上青楼,可是望见的只是那一望无边的海水。她睡去,他亦入梦,惟愿南风解人意,吹梦到西洲。整首民歌动静结合,在不经意间已经历四季变换,而女子那份思念依然浓而不艳,细而不密,委婉动人。时空的切换不露痕迹,我们仿佛追随着女子的脚步,随她欢喜,随她忧愁,体味着她矜持的小心思和掩饰不住的爱情的焦虑。此曲读之是如此令人陶醉,不愧为"言情之绝唱"。

苏州锦溪古镇

北朝民歌则是另外一种风格,语言坦率热辣,风景苍茫宏大。如北齐时期一首《敕勒歌》：

  敕勒川，阴山下。天似穹庐，笼盖四野。天苍苍，野茫茫，风吹草低见牛羊。

这就是北方草原的辽阔，这种辽阔令人心胸旷达。站在大草原上，望之四方，空无一人，只有苍天接着碧草，朔风吹过，草原上忽现出一群若隐若现的牛羊。北朝时期常年战乱，百姓居无定所，飘零他乡，那份去国离乡的悲情，读之令人呜咽。《紫骝马歌》这样唱道："高高山头树，风吹叶落去。一去数千里，何当还故处？"人生如入秋之后飘飘而下的落叶，少小离家，白头未归，身在千里之外，心系故土之情。可是有些谎言永远只能欺骗自己，就如飘飞的落叶，一去就是永远。

内蒙古草原

羁旅行役也是北朝民歌着重表现的内容,独自一人行走在北方崇山峻岭中,看怪石嶙峋,听高山流水,念形单影只,想故土家人,所有的情感都在一首《陇头歌辞》中被表现得淋漓尽致:

陇头流水,流离山下。念吾一身,飘然旷野。
朝发欣城,暮宿陇头。寒不能语,舌卷入喉。
陇头流水,鸣声幽咽。遥望秦川,心肝断绝。

凄寒之情,跃然纸上,有一种天下虽大,却无处归依的寂寞感。人生最落寞的事情莫过于孤身在外,无人相伴,只有风声、雨声、流水声,装点着一个人的寂寞。

北朝民歌中表现爱情的篇章也具有阳刚之气,如"天生男女共一处,愿得两人成翁妪",直白朴实,自有一番风流潇洒。女子向心上人示爱也少了几分矜持,如《折杨柳歌》写道:"腹中愁不乐,愿作郎马鞭。出入擐郎臂,蹀坐郎膝边。"无论南北朝民歌语言的表达风格如何不同,其中那份真挚的感情都值得我们品味咂摸。

知识链接

《乐府诗集》是一部总括我国古代乐府歌辞的著名诗歌总集,由宋代郭茂倩编纂而成。现存100卷,是现存收集乐府歌辞最完备的一部。主要辑录汉魏到唐五代的乐府歌辞，兼及先秦至唐末的歌谣，共5000多首。《乐府诗集》把乐府诗分为郊庙歌辞、燕射歌辞、鼓吹曲辞、横吹曲辞、相和歌辞、清商曲辞、舞曲歌辞、琴曲歌辞、杂曲歌辞、近代曲辞、杂歌谣辞和新乐府辞等12大类。

三、大气磅礴：骚体赋与汉大赋

辞赋是中国古代文体中不可缺失的一环，它既具有文的篇幅架势，又具有诗的情致。一个时代的文学是与这个时代的精神面貌相对应的，两者之间存在着紧密的联系，中国辞赋发展的高峰时期在汉代，也有着千丝万缕的线索可寻。历经了数百年纵横交战的岁月，中国终于迎来了一个稳定而长久的大一统时代——西汉。国运昌盛则文学那份自信就彰显出来。战国时期铺张恣肆的辩士之文，楚辞中那份奇绝的想象，都成为汉赋风格的重要构成因素。虽然今天，这些陌生的文字和我们间隔了千年的距离，但是我们读之仍能体会到蕴藏在文字中的时代力量。

汉代辞赋主要包括骚体赋、汉大赋与抒情小赋。汉初时期以骚体赋的创作发展为主。骚体赋顾名思义就是具有楚辞的风格，句中常用"兮"作为结尾语气词，抒发内心愤懑不平之情。贾谊是汉初骚体赋的名家能手。他曾在就任长沙王太傅的途中，经过湘江，游历屈原生前漫游之处，望着滔滔流逝不已的江水，想到自身悲惨的遭遇，写下了著名的《吊屈原赋》：

> 恭承嘉惠兮，俟罪长沙。侧闻屈原兮，自沉汨罗。造托湘流兮，敬吊先生。遭世罔极兮，乃殒厥身。呜呼哀哉！逢时不祥，鸾凤伏窜兮，鸱枭翱翔。阘茸尊显兮，谗谀得志。贤圣逆曳兮，方正倒植。世谓随、夷为溷兮，谓跖蹻为廉；莫邪为钝兮，铅刀为铦。吁嗟默默，生之无故兮！斡弃周鼎，宝康瓠兮。腾驾罢牛，骖蹇驴兮。骥垂两耳，服盐车兮。章甫荐履，渐不可久兮。嗟苦先生，独离此咎兮。

这是一个怎样荒诞的世界，所有的一切都是颠倒的，黑白不分，邪压抑正，混乱与荒诞并存，压抑与愤懑充斥。天空不再属于吉祥高贵的鸾鸟凤凰，一群食腐肉的猫头鹰却在翱翔；宦官内臣摄居高位，谗言奉承充斥政坛，而圣贤志士沉沦下僚，刚正之言无人倾听；世人都认为千古莫邪宝剑粗钝，却视铅刀最为锋利；将周朝宝鼎视若无物，却将瓦盆看成至宝；驾驶疲牛跛驴，却驱使宝马拉沉重的盐车。这是贾谊对屈原生长的时代的想象性描述，但是他的情感却是扎根于现实，正是因为感同身受，才能够惺惺相惜，才能体会到对方内心的无限伤悲。文中多重描写，层层深入，用几个事例铺排渲染，使那份愤愤不平之情不断加深。面对黑暗的社会现实，屈原选择了"路漫漫其修远兮，吾将上下而求索"的儒家道路，最终以死明志，但是贾谊却认为"已矣！国其莫我知兮，独壹郁其谁语？凤漂漂其高逝兮，固自引而远去。袭九渊之神龙兮，沕深潜以自珍"。如果没有人能够理解，那么不如归去。这也与汉代初期道家思想盛行有关，无为避世，逍遥自在。

司马相如是一位颇具传奇色彩的文人，他也写出过名动一时的骚体赋。一篇《长门赋》曾令失宠的陈皇后再次获得武帝的宠爱。以百斤黄金换取绝世之文，也成为一段佳话。《长门赋》将那份幽居后宫思见君王的惶恐与哀怨写得淋漓尽致：

> 忽寝寐而梦想兮，魄若君之在旁。惕寤觉而无见兮，魂迁迁若有亡。众鸡鸣而愁予兮，起视月之精光。观众星之行列兮，毕昴出于东方。望中庭之蔼蔼兮，若季秋之降霜。夜曼曼其若岁兮，怀郁郁

其不可再更。澹偃蹇而待曙兮，荒亭亭而复明。妾人窃自悲兮，究年岁而不敢忘。

在睡梦中等待着君王的宠爱，但是梦醒后，一切都是一场空。窗外鸡鸣不已，星月交辉，仿佛那九五之尊就在身旁，可是定睛凝神一看，一切都是虚幻。长夜如岁，今夕何夕，只留下她寂寞的身影独自悲伤。贵为皇后又有什么用呢？自古君王的爱情少有专一，红颜佳人不过是随手把玩，那装饰着金银珠玉的宫苑，谁知锁住了多少落寞的心。

长沙市贾谊故居内贾谊像

汉大赋则更加注重场面的铺排，极尽夸张渲染之能事，着力表现大汉帝国的赫赫声势，辞藻华丽奢靡，语言气势张扬。司马相如是汉大赋写作的翘楚，他曾写就《子虚赋》一篇，以子虚、乌有先生和亡是公三人的对话构成了对齐、楚两国物质、精神文化的描述。楚人子虚随齐王出猎，当齐王问及楚国风土人情时，他将楚王游猎时的浩荡壮举一一描述，以显楚国雄风。但是乌有先生并不同意，他罗列了齐国广阔的地域，浩瀚的海洋，丰饶的物产，高尚的精神，借此压倒楚国。文中各种奇珍异兽层出不穷，行文不顾简洁，如重瓣的牡丹，一派繁华景象。如子虚述说楚国云梦的富饶：

臣闻楚有七泽，尝见其一，未睹其余也。臣之所见，盖特其小小者耳，名曰云梦。云梦者，方九百里，其中有山焉。其山则盘纡茀郁，隆崇嵂崒。岑崟参差，日月蔽亏。交错纠纷，上干青云。罢池陂陀，下属江河。其土则丹青赭垩，雌黄白坿，锡碧金银。众色炫耀，照烂龙鳞。其石则赤玉玫瑰，琳珉昆吾，瑊玏玄厉，碝石碔砆。其东则有蕙圃，蘅兰芷若，芎䓖菖蒲，江蓠蘪芜，诸柘巴苴。其南则有平原广泽，登降陁靡，案衍坛曼。缘以大江，限以巫山。其高燥则生葴菥苞荔，薛莎青薠。其埤湿则生藏茛兼葭，东蘠雕胡。莲藕觚卢，庵闾轩于。众物居之，不可胜图。其西则有涌泉清池，激水推移，外发芙蓉菱华，内隐巨石白沙。其中则有神龟蛟鼍，玳瑁鳖鼋。其北则有阴林，其树楩柟豫章，桂椒木兰，檗离朱杨，樝梨梬栗，橘柚芬芬。其上则有鹓雏孔鸾，腾远射干。其下则有白虎玄豹，蟃蜒貙犴。

开篇便有一股难以抑制的骄傲之情，言楚国云梦泽虽物产丰饶，但却不过是区区七泽之一，以抑代扬，以少寓多。接着事无巨细地描写周围景致，事无巨细到山上泥土的颜色，石头的种类，植物的类别，动物的差异，东南西北各异的风景。读之如画，罗列其详。汉武帝对《子虚赋》颇为赞赏，他读之叹曰："朕独不得与此人同时哉！"当他得知司马相如就是时人，大喜过望，急忙召见了司马相如。司马相如认为《子虚赋》只是区区诸侯之事，他要"请为天子游猎赋"，于是一篇《上林赋》呼之而出。这是一篇气势更加恢弘的文辞，将强大的中央集权国家描绘得充满时代力量，在它的面前，就连日月都要收敛光辉，它的庞大的躯体，令世间万民与地方诸侯都拜服在其脚下。

赋的功能在于劝诫，通常用大量篇幅进行描述铺张，在结尾处再加以略微的劝诫。不过，在司马相如的赋中，劝诫功能并没有被重视。他所写的《大人赋》用以借喻天子，文中"大人"神游天界，以群仙为侍，以圣贤为友，乘风凌虚，长生不死，逍遥自在。司马相如本以此文劝诫武帝不要过分求神问道，但是武帝读完却"飘飘然有凌云之气"。汉大赋虽辞藻华丽，下笔精工，令人领略到文字的壮阔，但是过分渲染也会使文章辞胜于意，文掩盖情，如繁花似锦，若满眼皆是，则少了一番理趣与真情。

到了东汉时期，汉赋的视野进一步开阔，京都赋开始兴起。京都赋起源于西汉扬雄所著的《蜀都赋》。班固的《两都赋》是其中的代表。东汉时期，光武帝迁都洛阳，一时间议论纷纷。班固创作《西都赋》与《东都赋》两篇，以对照的形式肯定了迁都的正确性。同时，在《两都赋》中，班固一方面兼容了赋体的风格，以对话的形式对西都长安进行了浓墨重彩的描写，另一方面也对汉赋进行了创新，改变了劝诫的汉赋写作模式，在《东都赋》中盛赞迁都洛阳的正确性，凸显自身创作意图，且在文字叙述中气势纵横。

> 且夫僻界西戎，险阻四塞，修其防御，孰与处乎土中，平夷洞达，万方辐凑？秦岭、九嵕，泾渭

> 之川,曷若四渎、五岳,带河溯洛,图书之渊?建章、甘泉,馆御列仙,孰与灵台、明堂,统和天人?太液、昆明,鸟兽之囿,曷若辟雍海流,道德之富?游侠逾侈,犯义侵礼,孰与同履法度,翼翼济济也?子徒习秦阿房之造天,而不知京洛之有制也;识函谷之可关,而不知王者之无外也。

一连发出数个反问,步步紧逼,从防御、地理、文化、制度等几个方面论述建都洛阳的必要性,读之若战国时期纵横家之文,万马奔腾,呼啸而至,不给人以反驳的机会。

在班固之后,张衡的《二京赋》将京都赋推向了高潮。他虽是模仿班固《两都赋》体式进行创作,但是却超越了班固。在《东京赋》中,张衡不仅描绘了洛阳的壮美宫殿,锦绣河山,还将目光投向了市井生活,投向了活跃在繁华都市中并不起眼但又不可或缺的商贾、游侠、耍把戏之人,使文章更为具体生动。张衡的景物描写不再是为了堆砌而堆砌,他融入了文学的诗情画意,增加了汉赋的可读性,如:

> 濯龙芳林,九谷八溪。芙蓉覆水,秋兰被涯。渚戏跃鱼,渊游龟蠵。永安离宫,修竹冬青。阴池幽流,玄泉冽清。鸭鹖秋栖,鹍鹎春鸣。鹛鸠丽黄,关关嘤嘤。

这段景物描写，如佩环敲击，声色俱全，语出清新，格调清丽，流动而不呆板，为之后的抒情小赋奠定了基础。

知识链接：

贾谊（前200—前168），洛阳人，西汉初年著名的政论家、文学家。18岁才能初显，20几岁被文帝召为博士。不到一年就被破格提拔为太中大夫。但是在23岁时，因遭群臣忌恨，被贬为长沙王太傅。后被召回长安，为梁怀王太傅。梁怀王坠马而死后，贾谊深感歉疚，至33岁忧郁而死。其著作主要有散文和辞赋两类。散文如《过秦论》、《论积贮疏》、《陈政事疏》，辞赋以《吊屈原赋》、《鹏鸟赋》最著名。

《长门赋》序中这样写道："孝武皇帝陈皇后，时得幸，颇妒。别在长门宫，愁闷悲思。闻蜀郡成都司马相如天下工为文，奉黄金百斤，为相如、文君取酒，因于解悲愁之辞。而相如为文以悟主上，陈皇后复得亲幸。"

四，情之所至：汉代抒情小赋

汉大赋盛行之后，赋体文的优点与弊病都彰显出来，如何化解赋过于庞杂、太重修饰的不足，成为文人需要考虑的问题。于是抒情小赋应运而生。

文学家班昭是班固的妹妹，在家族浓厚的文学氛围中，她开始尝试从女性的视角去观察这个充满动荡与变数的社会，并在赋中融合了女性的细腻与史学的理性。班昭曾创作《东征赋》，记录她老年时期随子东迁的所见所闻。漫漫长路夹杂了旅途的艰辛与对故土的思念，在这种半是惆怅、半是新鲜的情绪下，最适宜追怀古迹，凭吊先哲。班昭从儒家大师孔子、子路等人的身上看到了时间的痕迹与生命不朽的意义：

> 入匡郭而追远兮，念夫子之厄勤。彼衰乱之无道兮，乃困畏乎圣人。怅容与而久驻兮，忘日夕而

> 将昏。到长垣之境界，察农野之居民。睹蒲城之丘墟兮，生荆棘之榛榛。惕觉寤而顾问兮，想子路之威神。卫人嘉其勇义兮，讫于今而称云。蘧氏在城之东南兮，民亦尚其丘坟。

她久久地伫立在孔子曾经踏上的土地，时间仿佛重叠在一起，尽管这里已经荒草丛生，荆棘遍地，却因为有那样一批义无反顾的先哲在这里留下足迹，留下生命，而令人油然顿起一份敬仰。生命的价值不在于肉体存活的时间长短，而在于精神根植于世世代代后人心中的深度。一个人可能活得很短，但是他的生命却很长。是故班昭感慨道："唯令德为不朽兮，身既没而名存。"《东征赋》与之前的汉大赋有着明显不同，它不再是用对话的方式表达自己的观点，也不再是以劝诫为目的而进行铺张描述。班昭用赋的形式书写自我心情，将古今之感融入到对人生价值与意义的探讨中，言语真切朴实，篇幅得体适中，是抒情小赋的肇始之作。

真正将抒情小赋发扬光大的是张衡的《归田赋》。永和三年（138年），张衡面对政坛的黑暗与仕途的不顺，上书辞官，并写下《归田赋》以明心志。在《归田赋》中张衡描述了如世外桃源般的生活场景：

> 于是仲春令月，时和气清。原隰郁茂，百草滋

荣。王雎鼓翼,鸧鹒哀鸣。交颈颉颃,关关嘤嘤。於焉逍遥,聊以娱情。

尔乃龙吟方泽,虎啸山丘。仰飞纤缴,俯钓长流。触矢而毙,贪饵吞钩。落云间之逸禽,悬渊沉之鲨鰡。

仲春二月,草长莺飞,天气和畅,百草丰茂,眼见的是一派自然和谐的场景,耳听的是黄鹂争鸣,流水叮咚。人生如此,方不负"逍遥"二字。这是张衡的理想,也是他梦中的精神家园。在这里他可以仰射飞鸟,俯钓游鱼,挥毫泼墨,手抚琴弦。《归田赋》的艺术魅力在于它是情感的真实表达。汉大赋如滔滔江水,呼啸而过,给人以心灵的震撼,而抒情小赋如涓涓细流,直入心田,令人回味无穷。

辞赋进入魏晋南北朝时期,抒情小赋进一步发展成为赋体的主流。与东汉时期重理重情的传统相比,魏晋南北朝时期的抒情小赋更加随性,出现个性化、小品化的特点,诗歌与赋的交互影响加深。"建安七子"的代表王粲以《登楼赋》一篇扬名天下。他在其中抒发了怀才不遇、不受重用的压抑苦闷之情。登楼远望,四周茫茫然的景象与他无所适从的心情联系在一起,情景交融,动人心弦:

> 登兹楼以四望兮，聊暇日以销忧。览斯宇之所处兮，实显敞而寡仇。挟清漳之通浦兮，倚曲沮之长洲。背坟衍之广陆兮，临皋隰之沃流。北弥陶牧，西接昭丘。华实蔽野，黍稷盈畴。虽信美而非吾土兮，曾何足以少留？
>
> 遭纷浊而迁逝兮，漫逾纪以迄今。情眷眷而怀归兮，孰忧思之可任？凭轩槛以遥望兮，向北风而开襟。平原远而极目兮，蔽荆山之高岑。路逶迤而修迥兮，川既漾而济深。悲旧乡之壅隔兮，涕横坠而弗禁。

独自一人登高，在那凌云之处，孤独如挥之不去的阴影，笼罩在王粲的心头。四周望去，景色各异，潺潺流水中出现一片白色沙洲，整齐的农田丰收在望，可是这样的美景只换来他的一句叹息——"虽信美而非吾土兮，曾何足以少留"。王粲若天地间独行的沙鸥，没有那份沉甸甸的归属感，就如无根的浮萍一般居无定所，漫游漂泊，故乡之思绵长不绝。男儿在世，却碌碌无为，没有建树，凭栏远望，一任北风吹散衣襟，看江水长流，感慨生命如流水般消逝，悲苦又增加一层，以至于"涕横坠而弗禁"。

魏晋时期的曹植同样兼通诗赋，他的《洛神赋》因袭宋玉《神女赋》的风格,语言清丽传神,很具有文学色彩,读之令人忘俗。如:"其形也,翩若惊鸿,婉若游龙。荣曜秋菊,华茂春松。仿佛兮若轻云之蔽月,飘飘兮若流风之回雪。远而望之,皎若太阳升朝霞。迫而察之,灼若芙蕖出渌波。"又如:"陵波微步,罗袜生尘。动无常则,若危若安。进止难期,若往若还。转眄流精,光润玉颜。含辞未吐,气若幽兰。华容婀娜,令我忘飡。"将神女超越尘世的那份风姿一一写来,好像我们一闭上眼睛,脑海中就会浮现出她的一举一动、一颦一笑。

《洛神赋图》局部

齐梁时期的文人江淹的《别赋》也值得一读。开篇一句"黯然销魂者,唯别而已矣"指点全篇,接着描写离别时分那如万蚁挠心的痛楚:

> 或春苔兮始生,乍秋风兮暂起。是以行子肠

断,百感凄恻。风萧萧而异响,云漫漫而奇色。舟凝滞于水滨,车逶迟于山侧。棹容与而讵前,马寒鸣而不息。掩金觞而谁御,横玉柱而沾轼。居人愁卧,怳若有亡。日下壁而沉彩,月上轩而飞光。见红兰之受露,望青楸之离霜。巡曾楹而空掩,抚锦幕而虚凉。知离梦之踯躅,意别魂之飞扬。

离别从不给人太多的准备,或在青苔初上的春天,或在凉风乍起的初秋,或是在生命中那不经意的时刻,都上演着离别。离别者肝肠寸断,听着萧瑟的风声,望着漫天卷云,骏马长嘶,兰舟凝滞,似乎都不愿意离去。而留在故乡的人也辗转反侧,若有所思,掩上空了的房门,摸着渐渐凉了的帘幕。接着江淹从不同角度对剑客、戍兵、富豪、游宦、道士、情人之间的分别一一描述,这些描述自成一体,言辞有据,单独看来都是极佳的叙别篇章。

五、文人雅兴：文人赋

文人赋亦是抒情小赋的一种，它是抒情小赋经过发展，逐渐演变而成的带有随笔性质的赋。它不再过分讲究骈四俪六与对偶精工，语言风格偏向散文化，表达自我情感的目的更加明确，充满了文人的哲思与忧患。

宋代欧阳修的《秋声赋》就是一篇文人赋的佳作。他夜听秋风，由季节的轮回感受到人生在世的汲汲追求与幻灭。语言简练干净，回味悠长，如暮鼓悠悠，写尽欧阳修于宦海沉浮间的落寞心态：

> 欧阳子方夜读书，闻有声自西南来者，悚然而听之，曰："异哉！"初淅沥以萧飒，忽奔腾而砰湃，如波涛夜惊，风雨骤至。其触于物也，**鏦鏦铮铮**，金铁皆鸣；又如赴敌之兵，衔枚疾走，不闻号令，但闻人马之行声。余谓童子："此何声也？汝

出视之。"童子曰:"星月皎洁,明河在天,四无人声,声在树间。"

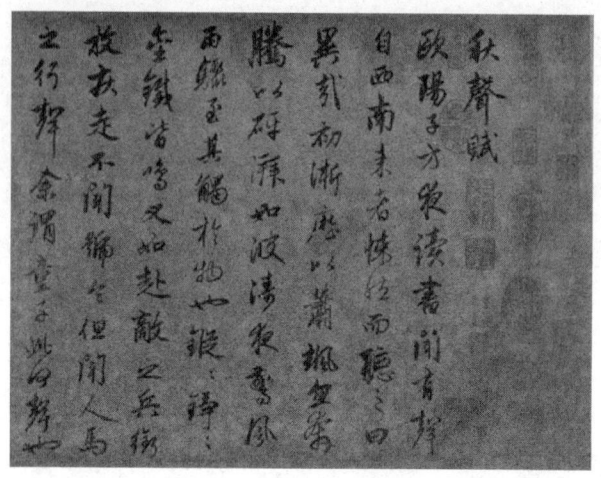

元赵孟頫书《秋声赋》局部

这一段文字将秋风的情态描写得淋漓尽致。开始时是细微的淅沥声,倏忽又变成澎湃的巨响,风雨将至,风声如惊涛骇浪,如战场上兵器交接发出的金属碰撞声,如兵车疾走发出的摩擦声,令人心惊胆战。欧阳修问童子,可是童子却没有听到外面的风,只是说了一段看似简洁,但却富含诗意的话。或许只有心中汹涌澎湃之人,才能听到这震撼内心的自然之声。欧阳修由秋风又联想到人生。秋风萧瑟,预示着万物凋零的开始,人入中年的作者，在这个时间的节点上与自然相遇，怎能不发出深沉的感慨：

> 嗟夫！草木无情，有时飘零。人为动物，惟物之灵。百忧感其心，万事劳其形，有动于中，必摇其精。而况思其力之所不及，忧其智之所不能。宜其渥然丹者为槁木，黟然黑者为星星。奈何以非金石之质，欲与草木而争荣？念谁为之戕贼，亦何恨乎秋声！
>
> 童子莫对，垂头而睡。但闻四壁虫声唧唧，如助余之叹息。

草木无情，尚且经历春去秋来一枯一荣，人生多思，更易感受白驹过隙生命其短。人汲汲于世，纷纷扰扰中总是想要做一些超越自己能力的事情，去思虑不在自己能力范围的东西，而转眼间童颜变成满脸皱纹，乌发染上沧桑，又怎么能够怨恨秋风呢？转眼望去，那少年不识愁滋味的童子已经昏昏睡去，只有欧阳修一人面对着无尽的黑夜。天地间那秋声像鬼魅一般倏忽而来又倏忽而逝，午夜时分，只听见那秋虫稀稀疏疏的哀鸣，伴着一声无奈的叹息。

将文人赋的精髓表达出来，并写出浑然天成的佳作的当属苏轼。深厚的文学功底，豪爽乐观的人生态度，

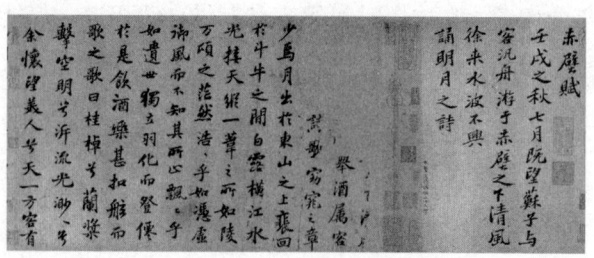

宋苏轼书《赤壁赋》局部

江山美景恰到好处的投射,催生出了一篇文人赋的顶峰之作——《赤壁赋》:

> 壬戌之秋,七月既望,苏子与客泛舟游于赤壁之下。清风徐来,水波不兴。举酒属客,诵明月之诗,歌窈窕之章。少焉,月出于东山之上,徘徊于斗牛之间。白露横江,水光接天。纵一苇之所如,凌万顷之茫然。浩浩乎如冯虚御风,而不知其所止;飘飘乎如遗世独立,羽化而登仙。
>
> 于是饮酒乐甚,扣舷而歌之。歌曰:"桂棹兮兰桨,击空明兮溯流光。渺渺兮予怀,望美人兮天一方。"客有吹洞箫者,倚歌而和之。其声呜呜然,如怨如慕,如泣如诉,余音袅袅,不绝如缕。舞幽壑之潜蛟,泣孤舟之嫠妇。
>
> 苏子愀然,正襟危坐,而问客曰:"何为其然

也?"客曰:"'月明星稀,乌鹊南飞',此非曹孟德之诗乎?西望夏口,东望武昌,山川相缪,郁乎苍苍,此非孟德之困于周郎者乎?方其破荆州,下江陵,顺流而东也,舳舻千里,旌旗蔽空,酾酒临江,横槊赋诗,固一世之雄也,而今安在哉?况吾与子渔樵于江渚之上,侣鱼虾而友麋鹿,驾一叶之扁舟,举匏樽以相属。寄蜉蝣于天地,渺沧海之一粟。哀吾生之须臾,羡长江之无穷。挟飞仙以遨游,抱明月而长终。知不可乎骤得,托遗响于悲风。"

苏子曰:"客亦知夫水与月乎?逝者如斯,而未尝往也;盈虚者如彼,而卒莫消长也。盖将自其变者而观之,则天地曾不能以一瞬;自其不变者而观之,则物与我皆无尽也,而又何羡乎!且夫天地之间,物各有主,苟非吾之所有,虽一毫而莫取。惟江上之清风,与山间之明月,耳得之而为声,目遇之而成色,取之无禁,用之不竭,是造物者之无尽藏也,而吾与子之所共适。"

客喜而笑,洗盏更酌。肴核既尽,杯盘狼藉。相与枕藉乎舟中,不知东方之既白。

《赤壁赋》的魅力在于,它形似赋体,却又融合了散文的风骨，文字骈散结合，行文流畅，情中有景，景中含情，所见所感皆出于作者之眼，沁入到读者之心，不矫揉造作，不空发感慨，在平直的语句中抒发了对宇宙、对生命的领悟。《赤壁赋》也为我们展现了宋代文人的精神生活与日常行乐之事，他们行事皆具诗意，他们的忧思不是柴米油盐酱醋茶，而是生命的价值与存在的辩证，他们的眼望见的不是江河美景，而是蕴藏在其中悠远的怀古感今之思。

《赤壁赋》开篇先写了时间，是初秋的十六日，夏秋交界时分。星月当空，天气凉爽，苏轼与友人荡舟湖上，抬头望月，低头弄水，举杯对饮，不亦乐乎。月出于东山之上，如玉盘悬挂在苍穹之上，恰似仙人口中含着的宝珠，熠熠生辉。万物安于平静，人立于舟中，似有飞升之意。微醺之际，客中忽传来洞箫之音，呜咽低鸣，凝神听之，泪欲夺眶，心中怆然。问客何悲，原来是遥想曹操当年赤壁盛事，千军万马，意气风发，有气吞山河之势，但功亏一篑，终成憾事。转思自身孑然之躯，名没乡野，朝生暮死，生命须臾，望着见证了无数悲欢离合的滔滔江水，不禁悲从中来。这固然是令人悲伤的，但是人生如果只是一味地沉湎于感怀中，则如酒久酿成醋，酸涩难以下咽。一个人懂得感怀，更要懂得开解，苏轼对大江东去，即是另一番感受。滚滚东逝的江水，并不是一去不复返了，月亮阴晴圆缺都是一种轮回，世界上没有永恒的不变，只有变化是永恒的，那么又有什么可以去羡慕的呢？人生在世，有拥有就会有失去，不属于自己的东西，又何必费尽心神去追求呢？不如去感受江上清风，望天上明月，开怀畅饮，这种精神财富才是取之不尽、用之不竭的。客喜而笑，于是把盏痛饮，忘怀世事，酩酊大醉，一觉酣眠，实乃人生之大乐。

图书在版编目(CIP)数据

中国秀.诗词歌赋/付泽新,赵峰编著.-- 太原:山西教育出版社,2015.8
(中国秀系列/金萍,张霞主编)
ISBN 978-7-5440-7491-9
Ⅰ.①中… Ⅱ.①付… Ⅲ.①丛书-中国-现代②古典诗歌-诗歌欣赏-中国 Ⅳ.①Z121.7②I207.2
中国版本图书馆CIP数据核字(2015)第294677号

诗词歌赋

付泽新 赵 峰 著

出 版 人　雷俊林
策 划 人　孙 轶
责任编辑　任小明
特约编辑　靳金龙
装帧设计　小海马·书装

出版发行　山西出版传媒集团·山西教育出版社
　　　　　(太原市水西门街馒头巷7号　邮编　030002)
印　　装　山东临沂新华印刷物流集团有限责任公司
开　　本　787×960　1/32
印　　张　9.25
字　　数　130千字
版　　次　2015年8月第1版　2015年8月第1次印刷
书　　号　ISBN 978-7-5440-7491-9
定　　价　25.90元

如发现印装质量问题,影响阅读,请与印刷厂联系调换。电话:0539-2925680